홀로 피어 꽃이 되는 사람

홀로 피어 꽃이 되는 사람

초판 1쇄 인쇄 2022년 5월 20일
초판 1쇄 발행 2022년 5월 25일

지은이 이시백·라명재
펴낸이 박현숙

기 획 피뢰침
책임편집 맹한승
디자인 이은주

펴낸곳 도서출판 깊은샘
등록 1980년 2월 6일(제2-69)
주소 서울특별시 용산구 원효로80길 5-15 2층
전화 02-764-3018~9 **Fax.** 02-764-3011
이메일 kpsm80@hanmail.net

ISBN 978-89-7416-262-7 03810
값 15,000원

홀로 피어 꽃이 되는 사람

목차

6 • 마음

어둠 속의 빛 / 소로록, 소로로록… / 길을 걸으며 느낀다 / 어린 시절의 귀신 나무 /
순일한 감정 / 뜻의 전달 / 화풀이 장단에 몸이 축나다 / "그냥"의 의미 /
봄날은 간다 / 다양한 마음 전하기 / 마음의 신발을 담다 / 살다보면 느낀다 /
기다리며 살아보기 / 순간, 순간 느끼는 / 마음 씀씀이 / 가슴이 마구 뛴다 /
아이야! 마음껏 날자 / 통하는 사이 / 공간을 찾아서 / 슬픔의 넋두리

36 • 생명

하루하루의 몸짓 / 생의 전환 / 떠나는 날의 고민 / 뭐라구요? /
거기, 생명의 숨결 / 바다가 쓰는 편지 / 스스로 택한 선택지

50 • 자연

주변을 살펴보니 / 조용한 간이역 / 벼꽃이 아름답다고? / 생활비타민 / 철없던 때 /
자연의 이치 / 벌어진 시간의 틈 / 잣나무의 부탁 / 해안선에 뜬 달 /
어린 가지의 고민을 듣다 / 살아있다는 거, 그리고 / 사물의 유추 / 봄날의 기억 /
도깨비 장난감 / 달개비의 하루 / 수리취의 가을 / 우연한 만남 / 꽃이 피고 질 때 /
붉은 꽃이 말하네 / 두릅의 일생을 돌아본다 / 철 지나 피는 꽃 / 한조각의 여운 /
씨앗의 고민 / 나무의 상처 그리고 내 안의 상처 / 지리산에 들면 그냥 좋아라 /
누구는 어렵다고 말한다 / 들길에 우아하게 핀 꽃들 / 조화정의 세계 /
예쁜 상고대가 피었네요 / 가랑잎 배를 상상하며 / 자연의 품에 들다 / 초록 관중의 나날들 /
꽃한테 배우는 지혜

98 • 도

한결같이, 한결같이 / 청산 문바위골에 들면 / 수평선을 바라보며 / 꿈에 나타난 친구 /
물소리에 잠기다 / 길을 걸으며 당신을 떠올린다 / 천지는 늘 생산한다 /
빛살의 조화 / 가끔은 숲에서 놀자 / 다시 개벽 / 항쟁의 진실 / 어디서 쉬어야 하나? /
보은 삼년산성 / 우주의 파상전류 / 열매가 되는 이유 / 유무상자有無相資

118 • 인간

소외의 군집 / 내 몸의 일부 / 꽃잎이 모이면 / 몸의 균형을 생각한다 / 스러지는 동안 /
들판을 바라보며 / 만나는 일은 같다 / 보이는 인간의 욕심 / 사람을 생각한다 /
존재를 묻는다 / 아이들은 우주에서 왔다 / 소나무를 바라보며

134 • 가족

어매가 보인다 / 잃어버린 물건을 찾는 방법 / 아이의 바람을 듣다 / 고운 햇살에 들다 /
소녀의 기도 / 첫발 / 자식의 무관심 / 철지난 약속 / 여인의 자태가 떠오른다 /
검정고무신이 준 추억 / 화전민 친구 / 아! 병든 아버지 / 아이의 상상력 /
생활의 유품 / 라면 반쪽 / 아이의 소꿉 / 늦가을 홍시 /
어느 시골에 홀애비 두더지가 살았더래요 / 엄마의 손맛 / 붉은 노을에 물든 청춘 /
우연의 일치

162 • 인생

살아가는 동안 / 흐르는 물이 말하기를 / 배고픈 시절 / 인디언 격언이 전합니다 /
다, 지난 일 / 기다리는 동안, 어느새 / 몸의 반응도 / 비탈 이야기 / 나란히, 나란히 /
몸이 아프고 보니 / 자화상 / 순일한 건강지표 / 설레는 여행준비 / 지상의 한나절 /
자신을 찍는다 / 향기에 취하다 / 나는 바닥에 그늘이 있다 / 녹슨 선착장에 깃들다 /
선한 고민 해결법 / 기울어진 집 / 늙은 사내의 짐 / 천천히 걷다보면 문득, /
책장을 넘기며 반성한다 / 꿈을 수놓다 / 가을 선생님의 상상력

마음

떠날 수 없는 구속

뜨거운 감자

어둠 속의 빛

한 아이가 길에서 버려진 꽃 한 송이를 주웠다.
누나가 좋아하는 장미, 누나는 한참이나 향기를 맡으며
붉으레한 볼로 쓰다듬었다. 누나는 청맹과니였다.

마음이 믿음에 흔들리지 않으면 고요함에 들 수 있고
고요함으로 지혜에 들면 내면에서 한울의 빛이 스스로 올라와
형체 없는 한울을 보며 형체 있는 한울도 보게 된다.
〈대종정의 : 오교의 요지〉

누나를 생각하고 아이를 생각합니다. 그리고 버려진 장미를 떠올립니다.
모두 귀한 존재들이지요.

소로록, 소로로록…

사이가 좋다는 건 시냇물처럼 흐르는 물 같은 거야.
먼저 다가가 나 여기 있다고 소리로 알리는 거야.

큰 소리로 힘껏 불러 말하노니, 오라. 다시 돌아오라.
너의 몸은 누가 태어나게 한 것이며, 너의 성품은 누가 신령하게 하는가?
너의 마음을 좁은 몸에 가두지 말고 열면, 차근차근 멀리 봐야 할 곳을 보게 될 것이다.
그러면 처음엔 한 조각의 한울을 보게 되고, 나중에는 한울의 전체 모습을 보게 될 것이니 생각해 볼지어다.

〈대종정의 : 오교의 요지〉

대인관계에서 마음 열기가 쉽진 않아요. 대화가 잘 통하지 않는다면, 내가 먼저 마음보따리를 풀어보면 어떨까요? 서로 대화를 하다보면 반드시 사르르 풀리는 접점이 있을 겁니다.

길을 걸으며 느낀다

길은 덕이 있는 자의 소유이다. 길과 걸으며 대화하라.
넝쿨 같은 그대의 근심도 풀어지리니 건강은 시나브로 찾아온다.

등에 지고 가슴에 안은 자비로운 일,
법의 걸음이 능히 많은 사람을 건지리.
〈의암성사 : 시문〉

나이가 든 요즘엔 걷기를 열심히 한다.
기적의 10cm도 의식하며 보폭을 넓게 하려고 노력하는 중이다.

어린 시절의 귀신 나무

느티나무 마을에 바람이 세차게 불면 나무가 운다. 없어진 피붙이가 그리워 운다. 가슴팍 깊은 구멍에 한 서린 회오리가 치는 것이다. 깊은 밤에 들으면 귀신이 찾아와 운다. 동구 밖 느티나무귀신이 찾아와 함께 운다. 난 무서워 언능 잠이 든다.

내 마음이 곧 네 마음이니라. 사람이 어찌 이를 알리오.
천지는 알아도 귀신은 모르니 귀신이라는 것도 나니라.

〈東經大全 : 논학문〉

어릴 때는 보이지 않는 귀신이 제일 무서웠다. 귀신이 있다면 지금도 무서울 것 같다.

순일한 감정

인간 세상에 최고는 무엇일까? 따뜻한 감정이다.
이 감정이 있어서 인간은 서로 감응하는 것이다.

마음이란 것은 허령의 그릇이요 화복의 근원이니,
공적 일과 사적 일 상관없이 얻기도 하고 잃기도 하는 것이
여기 달려 있느니라.

〈해월법설 : 강서〉

인간이란 무엇인가. 살면서 맺어지는 관계망 속에서 살아간다. 살면서 나는 어디에 기준점을 둘 것인가? 따뜻한 감정이 있어야 한다. 결코 변하지 않는 인간미, 뭐 그런 것.

뜻의 전달

저녁 무렵 눈썰매장에 제설작업을 하기에 부지런히 올라가 봤어요.
하얀 눈이 하늘이 아니라 기계에서 내리더군요. 강원도 스키장에서나
볼만한 장면을 처음 보니, 설렘으로 가득했지요.
눈썰매장을 개장하면 아이들이 듬뿍 온다는군요. 집에 와 모자를
벗는데 앗, 방정환 선생의 중절모에 잔가지가 달려 왔네요.
깜짝 놀랐어요. 그리고 느낍니다.
방정환 선생님이 꽂아주신 겁니다. 아이들과 함께 신나게 놀으라고,
당신의 꿈 잊지 말라는 당부의 현신. 아~ 선생님 제가 지금
감성적으로 느끼고, 받을지라도 그렇게 믿고 싶습니다.

흐린 기운을 쓸어버리고 맑은 기운을 어린 아기 기르듯 하라.

〈東經大全 : 탄도유심급〉

착각도 가지가지라. 이런저런 상념에 젖어보는 것이다. 모자의 잔가지를 보면서 경주 책
놀이텃밭을 떠올려 본다.

화풀이 장단에 몸이 축나다

어릴 때 길을 걷다가, 먼 산 보고 걷다가 돌뿌리에 그만 넘어지고
말았네. 홧김에 돌을 발로 팍~.
아이고, 발가락까지 아파서 주저앉아 눈물을 뚝뚝 흘렸다.
무릎까지 까여 쓰리고 피가 나니 우는 소리가 더 커졌던가?
거기까지 기억나진 않는다.

경솔하고 급작스러워 인내가 어려워지고 경솔하여 상충되는 일이 많으니, 이런 때를 당하여 마음을 쓰고 힘을 쓰는 데 나를 순히 하여 나를 처신하면 쉽고, 나를 거슬려 나를 처신하면 어려우니라.

〈해월법설 : 대인접물〉

어릴 때 왜 그리 성격이 급했던고. 즉흥적으로 행할 때가 많았다. 조급하고 침착하지 못한 성격이 지금도 튀어 나온다. 세 살 버릇 여든까지 간다더니 속담을 잘 지키고 있는 셈이다.

“그냥”의 의미

저는 수많은 단어 중에서 ‘그냥’이라는 말을 좋아하게 되었습니다. 제가 천도교 대학생단 간사 시절, 김문혁 단장이 대학생단 활동비 25만 원 전부를 저에게 월급으로 지급하며 노란 봉투에 이렇게 씌여 있었습니다. ‘형님’ 그냥 좋아요.

세상에 막무가내로 이루어진 “그냥”은 없습니다.
“그냥”에는 이미 수많은 사랑해와 수많은 감사와 수많은 미안함과
수많은 따뜻함이 전제되어야 “그냥”이 붙을 수 있습니다.
그래서 “그냥”은 그 많은 것을 포함합니다.

〈이윤정 동덕〉

졸업 후 저에겐 참 힘든 시절이었지요. 처음 이 노란 봉투를 엄마에게 드렸을 때 그 환하게 반기던 모습을 잊지 못합니다.

봄날은 간다

저 꽃길을 지나면 그리운 이를 볼 수 있겠죠.

내 마음이 어느새 소소하게 물들었어요.

일신개시화
一身皆是花

일가도시춘
一家都是春

한 몸이 다 바로 꽃이면

온 집이 모두 바로 봄일세.

〈東經大全 : 시문〉

그리움이 쌓이면 향기도 진해진다. 힘들어도 기다리며 살 일이다.

다양한 마음 전하기

아이가 그림을 그린다. 가시나무에 아이가 찔리니 아파 운다.
나무도 운다. 나무가 하는 말. "내가 때린 거 같아."

만물이 시천주 아님이 없으니 능히 이 이치를 알면 살생은 금치 아니해도
자연히 금해지리라.
제비의 알을 깨치지 아니한 뒤에라야 봉황이 와서 거동하고,
초목의 싹을 꺾지 아니한 뒤에라야 산림이 무성하리라.
〈해월법설 : 대인접물〉

아이가 칠판에 그림을 그리며 이야기한다. 자신이 나무에 찔렸는데 나무가 이렇게 말하는 것 같더라는 거다. "내가 때린 거 같아."

마음의 신발을 담다

난 홀로 순례를 한다. 바닷바람이 세찬 여름날, 별로 신경 쓰는 이도 없는데, 그녀는 조용히 운동화를 내민다. 내 신발 문수는 어찌 알았는지, 뒤축이 다 닳아 물가 주변을 조심하는 내 모습을 봤나 보다.

위하는 마음과 사랑하는 마음과 모시는 마음은 모두가 하나입니다.
그 마음이 있어 모든 것이 시작됩니다.
"위하는 마음이 생기니 천지가 생기고, 세계가 생기고, 道 또한 생기었느니라."
〈의암법설 : 성범설〉

남해를 순례할 때였지요. 후배와 헤어질 때 터미널에서 불쑥 내미는 신발. 따스한 마음의 감정은 아직도 살아 있습니다.

살다보면 느낀다

한적한 곳으로 이사 왔어. 풀빛 기운 가득하던 지난 날 잊을 수 없어.
내 안의 풀꽃 향기, 그대 생각이 많이 날 거야.

지납분토 오곡지유여
地納糞土 五穀之有餘

인수도덕 백용지불우
人修道德 百用之不紆

땅은 거름을 들여야 오곡의 남음이 있고

사람은 도덕을 닦아야 모든 일이 얽히지 않느니라.

〈東經大全 : 유고음〉

지난 일을 반추해보면 향기가 난다. 거기에 풀꽃 향기, 그대가 있었다.

기다리며 살아보기

겨울 내내 더디게 자란
당신을 향한 마음 한 자락

풍우상설과거후
風雨霜雪過去後

일수화발만세춘
一樹花發萬世春

바람 비 서리 눈 지나간 뒤

한 나무 꽃이 피면 온 세상이 봄이로다.

〈東經大全 : 우음〉

움츠리며 겨울을 지낸다. 행동반경을 줄여 살면서 나를 돌아보는 시간을 가졌다.

순간, 순간 느끼는

인연은 기다리기로 한다만 머뭇거리는 순간이 많다.
아플 때, 누가 귀찮게 할 때 가슴이 답답해진다.

신선 이웃이 점점 지척 간에 가까워지는데
티끌을 씻고자 하나 누가 인연이 되겠는가.
〈의암법설 : 강시〉

너무 머뭇거리다보면, 몸이 아파온다. 마음의 짐이 쌓이는 결과이다.
어렵더라도 용기를 내서 실천하자. 그와 반대로 누가 나를 귀찮게 하면 어찌해야 하나?
서로의 마음을 잘 헤아리는 것, 이것이 덕이다.

마음 씀씀이

떳떳하게 살고자 했건만 대숲이 스러지네.

죽창이 썩어들어 뒤 곁에 버려진 지 언제인가.

함께한 사발통문 기억 하실랑가. 쟁긴 곡식 어느 집엔 가득 하련마는

배고파 우는 아이 여직 달래지 못하네, 길섶에 쪼그린 행려 서로

못 본 척하네.

마상한식비고지 욕귀오가우석사
馬上寒食非故地 欲歸吾家友昔事

마상의 한식은 연고지가 아니요

우리 집에 돌아가서 옛일을 벗하고 싶네.

〈東經大全 : 우음〉

산다는 건, 살고자 몸부림치는 일상이다. 전쟁 같은 일상. 끼니를 위한 몸부림.

여전히 진행 중이다. 이건 세속의 숙제이다. 개인의 숙제이다.

가슴이 마구 뛴다

그녀는 말한다. 최초로 느낀 청춘은 첫 키스가 아니었다.
그녀가 느끼는 청춘은 마음의 마중물이다.
그녀는 말한다. 땀 흘려 퍼 올리는 펌프질 푸드득 살아 움직이는 물줄기,
그곳에서 생채기 새살이 돋고 세상의 정서를 읽는다.
그녀는 말한다. 나의 청춘에선 지금도 잔물결 여울여울
세월의 도끼질을 이긴다고.

산아 비야, 한울의 때를 알고 그런 것이냐 함이 없이 되어 그런 것이냐. 분명하도다. 저 남산의 비온 뒤 정신이여, 다시 새로워진 세계로다. 한 덩어리 화한 기운과 상서로운 바람에 푸른 나무는 어깨춤을 추고 붉은 꽃은 한결같이 웃는구나. 때여 때여, 푸른 나무가 푸른 것이냐 붉은 꽃이 붉은 것이냐. 서리 지난 마른 나무가 어쩌면 저렇듯이 뜻을 얻은 봄을 만났는가. 비온 뒤의 아침 한울에 모든 나무가 일시에 새로워지는구나.

〈의암법설 : 우후청산〉

살면서 체득하는 기운들이 많다. 그 기운에 힘입어 물살을 타고 넘는다.
너무 기죽지 말고 살자. 살면서 가끔은 재 너머 친구도 만나러 가야 한다.

아이야! 마음껏 날자

날자, 날자, 높이 날자. 날아올라서 멀리 보자.
오만년지 무극대도 품은 자 누구인가?

천지일월이 가슴속에 드니, 천지가 큰 것이 아니요 내 마음이 큰 것이니라.
군자의 말과 행동은 천지를 움직이나니, 천지조화는 내 마음대로 할 것이니라.
〈의암법설 : 강시〉

종단이 요즘 힘들게 운영되고 있습니다. 교인 수가 급격히 줄기 때문이지요.
좀 더 밝고 힘차게 걸어가야 하는데 너무 힘에 겹습니다. 안타까운 현실입니다.

통하는 사이

젊은 남녀의 눈빛이 교환되고 말이 통하자
그들은 정신없이 뜨거운 사이가 된다.
누가 먼저인지 묻지 않아도 첫눈에 빠져
뜨거운 몸짓으로 키스를 나눈다.
술을 마시는 옆자리는 이미 안중에 없다. 오직 입술과 입술이 온 우주에 가득할 뿐 적당한 취기는 그들을 하나로 이어주기에 충분한 밤이다.

남자는 하늘이 여자는 땅이 상징합니다. 남녀가 화합치 못하면 천지가 막히고, 남녀가 화합하면 천지가 크게 화하리니.

〈해월신사법설 : 부화부순〉

하늘은 땅이 있어야 그 의미가 있고 낮은 밤이 있어야 존재 의미가 있다.
나를 알아보는 상대를 만나면 얼마나 기쁠까? 마음이 통하면 얼마나 기쁠까?

공간을 찾아서

내가 나를 잃어버리면 어떻게 될까?
마음을 어루만져주고 따스하게 안아 줄 시간,
나를 돌아보는 시간이 필요하다. 자! 여행을 떠나자.

사람이 사람 될 때에 한울님이 한울의 정신을 주었으니, 이것은 내가 나 된 한 큰 기틀이 된 것이니라. 정신은 나의 근본자리 사람이므로, 정신없는 사람이 자유를 잃을 것은 말하지 않아도 상상할 만하니라.

〈의암성사법설 : 아지정신〉

진리를 모르면 온갖 질곡과 인습에 얽매여 헤어나지 못한다. 감옥에 있는 자만 자유를 잃은 것인가? 수동적으로 타의에 의한 삶을 사는 사람들이 얼마나 많은가?

슬픔의 넋두리

두었던 시간이 흘러간다. 차마 잊지 못하고 구름 한 조각
내 안의 그리움으로 일렁인다.

차심유유청풍지 송백운사장옥면
此心惟有淸風知 送白雲使藏玉面

이 마음 이런 줄을 맑은 바람이 알고, 흰구름을 보내어 얼굴을 가리게 하네.

〈東經大全 : 영소〉

푸른 하늘에 목이 메인다. 청정한 기운에 목이 메인다. 푸르다는 건 고독의 극치이다.

생명

흐르는 물살이듯
더디게 닿는 곳

하루하루의 몸짓

나비가 하루의 성찬을 위하여 길을 나선다. 빈한한 먹거리에도
굴하지 않고, 날아오른다. 쉼 없는 날갯짓 꽃들이 기억한다.

사계절이 차례가 있음에 만물이 생성하고, 밤과 낮이 바뀜에
일월이 분명하고, 예와 지금이 길고 멀어도 이치와 기운이
변하지 아니하니, 이는 천지의 지극한 정성이 쉬지 않는 도인 것이니라.
〈해월법설 : 성경신〉

꽃이 핀 곳을 살피다보면 나비나 벌이 날아와 나풀거리고 윙윙거립니다.
자연의 음악이지요. 늘 가까이 있는 곤충들, 그네들의 총총한 걸음에 귀를 기울이며
또 다른 세계를 느낍니다.

생의 전환

나무는 살면서 한번만이라도 날고 싶었다.
오랜 바람으로 새가 되었다.

백로도강승영거
白露渡江承影去

호월욕서편운비
皓月欲逝鞭雲飛

백로가 강 건널 때 제 그림자 타고가고

흰 달이 가고자 할 때 구름을 채찍질하여 달리네.

〈東經大全 : 영소〉

나무를 살펴봅니다. 늘 한자리에서 평생을 살다가 천수를 다하는 과정.

나무에게 꿈이 있다면, 나무는 어쩌면 새가 되어 하늘을 날고 싶을지도 모릅니다.

떠나는 날의 고민

구름을 닮은 씨앗이 날아오를 준비를 하네요.
들길 주변에 있는 풀, 박주가리 그 열매주머니가 열리고 있습니다.
생명 탄생의 시작입니다.
촉촉한 기운이 사라지고 물기 마르자 씨방의 문이 열리며
우주와 교신을 시작합니다.

화비자개춘풍래 죽리휘소추월거
花扉自開春風來 竹籬輝疎秋月去

꽃 문이 스스로 열림에 봄바람 불어오고
대울타리 성글게 비치며 가을 달이 지나가네.
〈東經大全 : 영소〉

박주가리는 잎이나 줄기에서 하얀 유액이 나와요. 매우 쓴 맛이라 곤충들이 싫어합니다.
그런데 왕나비애벌레는 이 잎을 먹는데 나중에 독을 품었다가 어른벌레가 되면 자신을 보호하는데 사용하지요.
박주가리 씨앗을 보며 나는 무얼 준비하고 떠날 준비를 해두었는지 나를 돌아봅니다.

뭐라구요?

내 몸피가 왜 이리 울퉁불퉁 하냐구요?
왜 그럴까요, 나는 여기를 통하여 숨을 쉬어요.
물론 이파리에서도 호흡을 하지만 나무줄기도
호흡을 한답니다. 단 호흡의 역할은 서로 다르지요
그러니 못생겼다고 너무 흉보지 마세요.
봄이 오면 제가 벚꽃을 많이 피우잖아요.
우리 봄에 만나요, 알았죠.^^

우주는 원래 한울성령의 표현으로, 영의 적극적 표현은 형상 있는 것이요,
영의 소극적 섭리는 형상 없는 것이다. 영이 세상을 마련하고,
물건마다 그 그릇대로 세상에 나와 어울리는 것이다.
<의암성사법설 : 성령출세설>

벚나무는 입술을 닮은 피목이 있답니다. 엄밀히 말하면 공기가 통하는 통기조직이지요.

거기, 생명의 숨결

나뭇가지에 왕사마귀 집이 덩그렇게 추위에 떨고 있습니다.
무수히 많은 알들이 보내는 인내의 시간. 처연하게 매달려 있는
알집마다 봄빛이 그립답니다.

아홉길 조산할 때 그 마음 오죽할까. 다른 날 다시 보니 한 소쿠리 더 했으면
여한없이 이룰 공을 어찌 이리 불급한고.
〈용담유사 : 흥비가〉

견디는 중에 다듬어집니다. 견디는 중에 좋은 소식이 찾아오는 법. 식물도 그렇고
동물도 그렇습니다. 견디는 중에 생명체는 단단해집니다.

바다가 쓰는 편지

망설이다 그녀에게 쓰는 갯내음 편지, 향기 따라 심야의 파도소리
조약돌 틈새 첫 물로 그려낸 문장. 한밤 내 들물이 들면 몰래 지웠다
다시 쓰는 부치지 못한 편지.

사람이 태어난 것은 한울님의 영기를 모시고 태어난 것이요, 사람이 사는 것도 또한 한울님의 영기를 모시고 사는 것이니, 어찌 반드시 사람만이 홀로 한울님을 모셨다 이르리오. 천지만물이 다 한울님을 모시지 않은 것이 없느니라. 저 새소리도 또한 시천주의 소리니라.

〈해월법설 : 영부주문〉

바다에 서면 일렁이는 파도, 볼 때마다 느끼는 설렘, 끝없는 물살이 신기할 뿐이다.
흰 모래에 괭이갈매기 웅성거리며 파도의 문장을 읽는다.

스스로 택한 선택지

나무는 자신을 스스로 치유합니다. 누구를 탓하지 않고요.

일일시시 먹는 음식 성경이자 지켜내어 한울님을 공경하면
자아시 있던 신병 물약자효 아닐런가.
〈용담유사 : 권학가〉

모든 생명은 스스로 치유할 수 있는 능력이 있다. 다만 계절을 거스르고,
순리를 어기면 치유의 원리가 작동하지 않을 뿐.

자연

보면 볼수록 느끼는
무한대의 매력

주변을 살펴보니

때가 되면 낙엽이 내려 쌓입니다. 열매도 떨어져 낙엽 사이로 보입니다.
잎은 떨어져 자신의 몸에 서서히 물기가 점점 빠짐을 느낍니다.
곧 몸이 바스러지며 묵묵히 자신을 돌봐 준 흙으로 돌아갈 것입니다.
흙의 품에 머물며 헐벗은 흙을 위로할 겝니다.
자연은 서로 다른 개체를 도우려 애를 씁니다.
우리도 닮아야 합니다.

우주는 원래 한울성령의 표현인 것이니라. 영의 적극적 표현은 이것이 형상 있는 것이요, 영의 소극적 섭리는 이것이 형상 없는 것이니 그러므로 형상이 없고 형상이 있는 것은 곧 잠겨 있는 세력의 두 바퀴가 도는 것 같으니라.

〈의암법설 : 성령출세설〉

자드락길에 쌓여 있는 낙엽들, 형체가 지금은 뚜렷해 보이나 곧 썩어 부엽토로 됩니다. 벌레들의 먹이도 되고, 집도 되고, 휴식공간도 되지요. 그러는 사이 나무에게는 영양분으로 돌아갑니다. 질료의 순환과정이 서로서로 도와가는 과정이지요.

조용한 간이역

이른 봄, 추위를 견디며 기도하고 수련하는 숲속의 꽃들
나직이 들리는 목이 쉰 주문소리, 바람소리.
초연하게 피어 훈풍을 맞이하네, 수도원이 그리운 날.

뜰 앞의 매화가 향기로운 바람에 뜻을 내어 가지마다 꽃을 피워
흰 눈을 비웃었으니 꽃피는 봄소식이 분명하구나.
〈의암법설 : 무하사〉

꽃샘추위에 우연히 핀 꽃을 발견할 때 반갑고 반갑지요. 바람소리가 윙윙거리면
밖에서 나는 소리인데도 불구하고, 꽃이 우는 소리처럼 들립니다.
꽃잎이 날리며 우는 소리. 숲 주변이 아득합니다.

벼꽃이 아름답다고?

이 꽃이 들녘에 피어 있으면 우리는 감사의 심고心告를 해야 합니다.
이 한 톨의 씨앗이 인류의 희망이기에, 밥 한 그릇을 떠올립니다.
꽃 중에서 벼꽃이 가장 귀한 꽃이라고 식물학자가 말했습니다.

한 그릇 밥도 백 사람의 노력으로 된 것이니, 정말 힘쓰지 않고는 부끄러워 감히 먹지 못하리라.

〈의암법설 : 강시〉

숲 강의를 듣는 중에 나이 지긋한 선생님이 말씀하셨습니다. 꽃 중에 가장 귀하고 예쁜 꽃은 벼꽃이랍니다. 처음엔 별로 와 닿지 않았으나 이제 이해가 됩니다. 밥의 소중함을 생각하면 정말 귀한 꽃이지요.

생활비타민

뿌리는 땅속에서 혼자서 일해, 이미 자라버린 나무이지만
나무에게 물은 꼭 필요하지.
우리도 이미 자랐지만 시천주 주문이 필요하지.
우리에게 꼭 필요한 물이야.

포도의 모든 낱알들도 그 처음은 한 줄기이니 줄기가 끊기면 그 열매가 마를 것이다. 그러므로 사람이 (줄기가 끊기지 않도록) 한울님을 모시는 것은 스스로를 아끼는 까닭이니라.

〈대종정의 : 오교의 요지〉

천도교는 신앙생활을 하는 주문이 있는데 교인들은 주문을 생활화한다. 저녁 9시에는 집안 식구들이 모여서 저녁기도식을 한다. 모든 모임은 청수를 모셔놓고 진행한다. 다시 말하면 천도교는 한울님의 은덕을 잊지 않는 것을 신앙생활의 근본으로 생각한다.

철없던 때

어릴 때 솔숲을 지나가는데 개미들이 길게 줄을 서서 끝없이 어딘가로 간다. 질서정연한 모습, 난 발로 쓸어버린다. 개미들이 이리저리 흩어진다. 수많은 개미들이 두려웠다.

두려움이 되는 바를 알지 못하거든

죄 없는 곳에서 죄 있는 것같이 하라.

〈東經大全 : 후팔절〉

지난 일들을 생각해보면 철없이 행동한 게 너무 많다.

세심하게 주변을 아끼고 살피는 것은 어릴 때부터 조기교육으로 들어와야 한다.

자연의 이치

숲에서 솔방울을 주워 왔어요. 옅은 갈색의 색감이 아주 맘에 들었거든요. 지금 가만히 살펴보니 나에게 할 말이 있는 듯 솔방울 연신 입을 벌리고 있네요. 벌어진 틈에 날개가 보입니다. 어미 품속에서 씨앗이 날고 싶은가 봐요.

방방곡곡 돌아보니 물마다 산마다 낱낱이 알겠더라. 소나무 잣나무는 푸릇푸릇 서 있는데 가지가지 잎새마다 만만 마디로다. 늙은 학이 새끼 쳐서 온 천하에 퍼뜨리니 날아오고 날아가며 사모하기 극치로다.

〈東經大全 : 화결시〉

자연물을 자세히 살펴보면 신기한 게 참 많다. 솔방울도 살펴보면 껍질 하나하나에 씨앗이 두 개씩 들어가 있다.

벌어진 시간의 틈

들길로 접어들자 보이는 듬직한 바위, 바위 틈새에 드러나는 조그마한 흙집, 누가 지었을까? 틈새의 집, 세상에는 틈새집이 많다.

하늘과 땅이 덮고 실어주는 은혜와 해와 달이 비추어 주는 덕을 입었으나, 아직 참에 돌아가는 길을 깨닫지 못하고 오랫동안 괴로운 이 세상에 잠기어 마음에 잊고 잃음이 많았습니다.

〈東經大全 : 참회문〉

어릴 때 살았던 집, 작은 집은 미닫이문을 열면 그냥 자는 곳, 방도 없고 부엌도 옷장도 없다. 한데나 다름 없는 연탄을 세워 놓은 검은 줄이 나 있는 집에서 살았다. 연탄 창고를 빌려 세 식구가 살았던 기억, 틈새집이다.

잣나무의 부탁

사람들이 말합니다. 청솔모가 아둔하여 먹이를 여기저기 감췄다가 잃어버린 거라고. 눈이 내리던 겨울 지나고, 봄비 갠 날 잣씨들 새싹을 틔워 올망졸망 모여 재재거립니다.
멀리서 지켜보는 잣나무 엄마, 흐뭇해합니다.
청솔모에게 잣을 내어주는 이유, 이제 알 것 같습니다.
청솔모는 잣 엄마의 부탁을 잊지 않았던 겁니다.

만물이 나고 자람이여, 어떻게 그러하고 어떻게 그러한가. 조화옹의 거두고 저장함이여, 스스로 때가 있고 스스로 때가 있도다.

〈해월법설 : 강서〉

봄에 산을 오르면 잣의 새싹이 모여서 자라고 있어요. 이는 필시 청설모가 감춰둔 씨앗이 듬뿍듬뿍 자라고 있는 겁니다. 어떤 새싹은 누가 어린 잎을 잘라먹기도 했어요. 배고픔을 해결해주는 구원자이지요. 청솔모의 가을저축을 환영합니다.

해안선에 뜬 달

바닷물 해안선을 따라 아이들 발자국, 어느새 보이지 않아라.
분명 따라 나선 게지. 흰 달도 따르고 있어. 물살은 더듬더듬 모래톱에
기록해 두네.

높은 봉우리가 우뚝 솟은 것은 모든 산을 통솔하는 기상이요,
흐르는 물이 쉬지 않는 것은 모든 시내를 모으려는 뜻이니라.
〈東經大全 : 유고음〉

바닷가에 서면 한없이 좋다. 바다를 좋아하기 때문이다. 아이들이 놀고
있는 바다에 다다르면 나도 슬며시 끼고 싶다.

어린 가지의 고민을 듣다

베어진 고목나무, 온 몸을 다 잃고도 남은 뿌리에서 어린 새싹들 혼신으로 밀어 올립니다.
잔가지들 햇살에 키 자랑하다가 올 무더위에 그만, 어미의 뜻을 따르지 못했답니다.

물의 근원이 깊음이여, 가물어도 끊어지지 아니하고,
나무의 뿌리가 굳건함이여, 추워도 죽지 아니하도다.
〈해월법설 : 강서〉

본 나무가 베어지고 나면, 맹아지가 올라옵니다. 위기의식을 느껴서인지 잔가지가 부지런히 올라오지요. 너무 많은 가지가 올라와 스스로 자멸하는지도 모릅니다. 초조와 불안, 잔가지를 통하여 나를 들여다봅니다.

살아있다는 거, 그리고

지난 여름 그 사납던 무더위를 잘 견디며 곤충들은 숲을 풍요롭게 했다. 딱정벌레, 노린재, 거미, 사마귀, 장수풍뎅이… 이들이 있어 나무와 풀들은 잎과 가지를 움직였으며 꽃을 피웠다. 조화로운 숲의 나날을 보내고 오늘은 전시장에 자리한다. 모름지기 희생이 새로운 걸 꽃피게 한다.

만물이 시천주 아님이 없으니 날짐승 삼천도 각각 그 종류가 있고 털벌레 삼천도 각각 그 목숨이 있어 물건을 공경하면 덕이 만방에 미치리라.

〈해월법설 : 대인접물〉

수목원에 약을 치다보면 곤충들이 길바닥에 쓰러져 있다. 약물중독인 것이다. 이럴 때가 곤란한 경우이다. 나무의 피해가 너무 심하니 잎벌레 약을 치다보면 다른 문제가 발생된다. 생명을 다한 곤충들은 전시관에 전시를 한다.

사물의 유추

이 열매는 치자입니다. '그렇다고 치자' 치자 열매. 약재로 유용하며 염료식물이지요. 노란색 치자 물은 포근하고 다정한 색이죠.
근데 자세히 보니 말미잘을 닮아 가네요. 바다가 그리운가 봅니다.

하늘과 땅이 나누어지기 전은 북극태음 한 물일 뿐이니라.
물이라는 것은 만물의 근원이니라.

〈해월법설 : 천지이기〉

나무노래에서 들은 기억이 있다. 텀벙텅벙 물오리나무, 그렇다고 치자나무, 깔고 앉아 구기자나무. 재미있는 발상의 노랫말이다.

봄날의 기억

올 여름 나무그늘 아래서 만난 작은 새, 새소리에 나뭇결 마음이 흔들립니다. 울대가 붓도록 부르는 님, 듣는 님은 또 얼마나 안타까울지.

봄의 정취를 못 이겨 다시 한울을 보니, 만산이 다 봄이언만
두견이 드물구나.

〈의암법설 : 영춘시부〉

짝을 찾는 과정에 등장하는 새소리. 낭낭하고 수수한 목소리이지요.
두근거리는 새소리 들리면 산책하는 맛이 나지요.

도깨비 장난감

꽁꽁 얼어붙은 겨울밤이면 밤마다 도깨비들 얼음막대기를 갖고
놀다가 해돋이가 될 무렵 허겁지겁 사라진다.
떠나면서 처마에 꽂아 놓고 가는 도깨비들, 밤에는 도깨비들이 갖고
놀고 낮에는 아이들이 즐기는 장난감, 이것을 사람들은 고드름이라
부른다.

어려서부터 하던 장난은 미친 듯이 보였지만,
헛말처럼 하던 말도 이제는 옳게 되니, 남자로 세상에 태어나서
장난도 할 것이요, 헛말인들 아니할까,
〈용담유사 : 교훈가〉

난 어릴 때 도깨비이야기를 많이 듣고 자랐다. 특히 아버지가 술 드시고 몽땅빗자루와
씨름하다가 지쳐 새벽에 들어오시는 날은 정말 옷에 흙투성이가 두루 묻어 있었다.

달개비의 하루

달개비가 곱게 피어 친구를 기다립니다. 귀를 쫑긋 세우고, 바람소리에 실려 오는 친구의 날갯짓 소리 듣습니다. 친구가 날아오다가 그만 방향을 잃어 자신을 찾아오지 않을 땐 할 수 없이 저 혼자 혼례를 치룹니다. 슬픔을 머금고 눈물을 흘리지요. 눈물이 가슴에 스며, 해마다 꽃이 피면 저리 청록의 색감이 바람결에 흔들리지요.

조각조각 날고 날림이여, 붉은 꽃의 붉음이냐
가지가지 피고 핌이여, 푸른 나무의 푸름이냐
부슬부슬 흩날림이여, 흰 눈의 흰 것이냐.
〈東經大全 : 화결시〉

'닭의장풀'이라고 부르는 풀인데 바람결에 여리여리하게 피지요. 화분활동을 하지 못하면 할 수 없이 스스로 꽃잎을 닫고 자가수정을 하지요.

수리취의 가을

뭘 하는지 수리취 언니들 어수선해요. 마실 떠날 준비가 덜 되었는지
요즘 유행하는 화장품을 바르는지 끼리끼리 모여서 바쁘네요.
내가 슬쩍 다가가도 모른 척, 평상시에 좀 더 친하게 지낼 걸 살짝 후회
하고 있네요.

노래하기를 아주 먼 옛적부터 있어온 만물이여,
각각 이름이 있고 그 형상이 있도다.
〈東經大全 : 불연기연〉

산비탈에 여름내 봐왔던 수리취. 시든 녀석도 있고 아직 성성한 녀석도 있다.
키가 훌쩍 자라 서울 인사동을 걸어도 손색이 없는 운치 있는 자태이다.

우연한 만남

눈이 그친 향나무 우듬지에 두리번거리는 딱새.
자신도 모르게 꼬리 바르르~ 바르르~ 삶은 경계의 연속이라네.

사람이 어렸을 때에 그 어머니 젖을 빠는 것은 곧 천지의 젖이요, 자라서 오곡을 먹는 것은 또한 천지의 젖이니라. 어려서 먹는 것이 어머님의 젖이 아니고 무엇이며, 자라서 먹는 것이 천지의 곡식이 아니고 무엇인가.
〈해월법설 : 천지부모〉

새가 주변에 있으면 숲이 살아있는 느낌이 들어요. 나무가 더 안정적으로 보이고, 적막한 공간에 활기를 주는 새. 주변에 딱새, 박새, 직박구리. 새들의 이름을 하나하나 알아가는 재미도 쏠쏠하지요.

꽃이 피고 질 때

느끼시는가? 모든 시작은 둥근 점에서 연유한다네.
부드러운 잎에 묻어나는 생기, 기화여운에 이어지는 고전의 향기를
들으시라.
수려한 바위에 내려앉는 은하수 빛
유성에 실어 그들을 빛나게 하네.

나에게 한 잠잠한 것이 있으니 세상이 능히 알지 못하도다. 잠잠한 속에 나무가 있으니 그 줄기는 성품이 되고 그 가지는 마음이 되었느니라. 어찌 오늘의 잠잠한 것이 후일에 많은 말이 될 줄을 알겠는가.

〈의암법설 : 극락설〉

꽃은 어느 꽃이든, 어디에 피든 아름답다. 꽃이 피고 지는 동안, 모든 생물들이 관계를 맺으며 다양한 생물종이 존재한다. 나를 돌아보게 만든다. 나는 주변과 어떻게 관계를 맺고 있는가.

붉은 꽃이 말하네

나는 갯바람이 좋아.
내 몸이 사방천지 흩어진다 해도 구속을 원치 않아,
난 자유롭게 살 거야. 바다를 찾아 언제든 떠날 거야.

성품과 마음이 자유로우면 도가 반드시 끝이 없을 것이요, 세상이 반드시 자유로우면 세상이 또한 없어지지 않을 것이요, 사람이 반드시 자유로우면 억만 사람이 마침내 이 자유를 깨달을 것이다.

〈무체법경 : 삼심관〉

살면서 주변 환경의 영향을 받을 수밖에 없는 우리. 생활영역에서 벗어나 여행을 하고 싶은 날을 꿈꾸며 산다. 모든 억압으로부터 해방, 아무도 없는 곳에서 누리는 해방, 이게 그리운 거다.

두릅의 일생을 돌아본다

사람들이 날 두릅이라고 부른다. 내가 그렇게 맛있는가?
이른 봄이면 난 사람들의 손길에 여지없이 새순이 꺾인다.
몸통에 돋아나는 가시를 이해해 달라!

오직 한울을 키운 사람에게 한울이 있고, 키우지 않는 사람에게는 한울이 없나니, 보지 않느냐, 종자를 심지 않는 자 누가 곡식을 얻는다고 하더냐.

〈해월법설 : 양천주〉

수천 년에 걸쳐 수탈을 당해온 식물이니 가시로 둘러싼 식물을 충분히 이해한다. 촘촘하게 가시가 돋아난 식물을 보면 다시 한번 생각하게 만든다. 저 식물은 얼마나 숱한 고통을 견디었을까?

철 지나 피는 꽃

나는 늦둥이다. 형아들이 모두 떠나고 길섶에 홀로 핀 늦둥이다.
고운 시절 나도 땅속에서 보냈다. 형아들이 웃으며 술레잡기하는
소리도 다 들었다. 나는 더디게 태어난 늦둥이, 민들레.

우리나라의 영웅호걸은 인종 가운데 근본이니, 모두가 만국 포덕사로 나간 뒤에 제일 못난이가 본국에 남아 있어도, 제일 못난이가 좋은 재목이요 도통한 사람이니라.

〈해월법설 : 개벽운수〉

민들레는 토종민들레와 서양민들레가 있어요. 토종민들레는 4~5월에 개화하나, 서양민들레는 4월부터 10월까지는 피고 집니다. 식물의 생활전략이지요. 씨앗이 늦게 발아하여 자신의 생명을 줄기차게 이어나가지요.

한조각의 여운

따가운 햇빛 온 몸으로 받고 있는 갈참나무.
잎과 잎이 서로 도와 하나가 되네.
그 사이 담쟁이덩굴 붉은 빛으로 자신의 색감 당당하게 수놓네.

조각조각 날고 날림이여, 붉은 꽃의 붉음이냐.
가지가지 피고 핌이여, 푸른 나무의 푸름이냐.
〈東經大全 : 화결시〉

사계절의 성쇠가 순환 반복된다. 주기의 반복. 결핍도 있고, 넉넉한 시절도 있으리라.
반복의 순간에 우리는 만나고 헤어지고 다시 만난다.

씨앗의 고민

애기씨앗은 떠나지 못했다. 다른 나무들의 씨앗처럼 훌훌 털고 나서지 못했다. 홀로 계신 어머님을 두고 차마 신발을 신을 수 없었다.

우리나라의 영웅호걸은 인종 가운데 근본이니,
모두가 만국 포덕사로 나간 뒤에 제일 못난이가 본국에 남아 있어도,
제일 못난이가 좋은 재목이요 도통한 사람이니라.

〈해월법설 : 개벽운수〉

가끔 늦게 자란 풀들을 본다. 어찌 보면 안쓰럽게도 보이나 식물의 입장에서 보면 다르다. 씨앗을 맺는 생명주기를 달리해서 다양하게 산포하는 것이다.

나무의 상처 그리고 내 안의 상처

상처투성이 나무, 힘이 없는 오래된 나무.
봄이 오기를 기다리는 잎자루, 꽃 몽우리.
한나절 오후 한 때 꽃 몽우리, 이파리 웃는 소리.

안타까이 봄소식을 기다려도 봄빛은 마침내 오지를 않네.
봄빛을 좋아하지 않음이 아니나 오지 아니하면 때가 아닌 탓이지.
비로소 올만한 절기가 이르고 보면 기다리지 아니해도 자연히 오네.
봄바람이 간밤에 일만 나무 일시에 알아차리네.

〈東經大全 : 시문〉

상처 하나하나마다 얼마나 많은 사연들이 있을까요? 그 사연들이 모여 한 생명을 이루니 눈앞에 보이는 모습으로만 판단하는 것은 또 얼마나 빈약한지요. 우리는 단지 모를 뿐입니다.

누구는 어렵다고 말한다

나도 쉽지는 않으리라 판단하나 덩굴나무에 매달린 열매들은
다르게 생각한다. 자신들은 하늘을 날 수 있다고 믿는다.
왜냐면 자신들을 찾아오는 새들이 있단다.
눈이 내리고 온천지가 흰 눈으로 덮이면 공중에 떠 있는 열매가 새들
에게는 진수성찬이 되는 것이다. 이렇듯 생명은 언젠가 기회가 온다.
그런 의미에서 한울은 공평하다.

한울이 한울 전체를 키우기 위하여 같은 바탕이 된 자는 서로 도와줌으로써 서로 기운이 화함을 이루게 하고, 다른 바탕이 된 자는 한울로써 한울을 먹는 것으로써 서로 기운이 화함을 통하게 하는 것입니다.

<해월신사법설 : 이천식천>

외유기화가 없이는 내유신령도 살 수 없다. 외유기화란 무엇인가? 내 몸 밖에서 몸 안으로 기화 되는 모든 것을 뜻한다. 공기를 호흡하고, 물과 음식을 먹고 마시는 모든 것이 외유기화다. 그뿐 아니라 다른 사람, 다른 생명의 관심과 사랑 또한 외유기화다. 숨이 끊어져 내유신령이 없어도 먹을 수 없고, 외유기화가 끊어져도 내유신령이 죽는다. 이 모두가 한울의 기운 작용이 아니고 무엇이랴.

들길에 우아하게 핀 꽃들

때에 맞춰 피고 시절에 맞게 들꽃. 피는 과정에서 손님들이 찾아오고
혹은 지는 과정에서 손님들이 찾아온다. 여기서 궁금하다.
이들은 어찌 손님을 맞이할까?

웃는 너는 뭇 꽃과 같이 돌아가지 아니하고, 한 수염은 한결같이
고운 별을 향하여 오더라.
<의암성사법설 : 국화음>

아무리 작은 들꽃도 한울 생명의 표현이다. 꽃잎 하나하나 진리(별)를 향해 있으니
이를 알아보는 것은 손들의 몫이다. 살피고 살필 일이다.

조화정의 세계

숲에 들면 한울님의 목소리 가끔 들려. 고운 단풍으로 노래하는 소리,
토닥토닥 열매들 떨어지는 소리, 가지들 사이사이 주문 외는 소리.

말이란 것은 속에 있는 생각을 드러내는 표신이요, 사실 있는 그대로를 알게 하는 기본이라. 속에 있는 생각을 발하여 사물에 베푸는 것이다. 그 나오는 것이 형상은 없으나 소리가 있고, 그 쓰는 것이 언제나 뜻하는 대로 하니,
〈삼전론 : 언전〉

잎이 변하고 바람도 변한다. 온도의 추이에 따라 옷을 바꿔 입는 나무들.
이런 변화는 정서가 메마르면 보이지 않는다. 틈틈이 숲에 들어 살필 일이다.

예쁜 상고대가 피었네요

나무는 곱게 자라던 시절을 보내고 다시 어려운 날을 보내고 있다. 어느 순간이든 삶이란 갈등이 머문다. 잎이 갈라지는 순서도, 수피가 갈라지는 모양도 나무마다 다르다. 우리도 그렇다. 따라서 서로 다름을 인정해야 한다.

융성한 것이 오래되면 쇠하게 되고 쇠한 것이 오래되면 다시 융성해지는 것이요, 밝은 것이 오래되면 어두워지고 어두운 것이 오래되면 다시 밝아지나니 성쇠명암은 한울의 운입니다. 흥한 뒤에는 망하고 망한 뒤에는 흥하고, 길한 뒤에는 흉하고 흉한 뒤에는 길하나니 흥망길흉은 사람의 운입니다.

<해월신사법설 : 개벽운수>

태어남이 있으면 죽음이 있다. 태어나기만 하고 죽음이 없다면 어찌 되겠는가? 낮의 밝음만 있고 밤의 어두움이 없다면 또 어찌 될 것인가? 밝음도 한울이고 어두움도 한울이다. 한 가지 측면이 아닌 전체가 한울이다. 그러므로 각각의 모습은 달라도 삶과 죽음, 성쇠, 흥망, 길흉은 반복된다.

자연의 품에 들다

때가 되면 꽃이 온다. 물길이 흐르는 꽃의 품 속,
곤충이 안겨 잠을 이룬다.

조각조각 날고 날림이여, 붉은 꽃의 붉음이여

〈동경대전 : 화결시〉

일체 만물이 한울임을 깨닫고 난 뒤에 보이는 자연과 사물은 이전과는 사뭇 다르게 느껴진다. 모든 만물이 각각 그 형상이 다르지만 다 한 나무(한울)에 핀 꽃잎과 가지이다. 나무의 꽃잎과 꽃 속의 곤충과 한울에 핀 나는 모두 같은 꽃잎이다. 나와 꽃잎의 경계와 분별이 사라져 일체가 된 것이다. 이것이 진정한 '모심'이다.

초록 관중의 나날들

이 풀은 관중이라고 부른다. 중심을 비워두고 서로를 격려하는 모습, 나는 그들의 행보를 마음에 담는다.

"무릇 성리는 비고 고요하나 자체의 비장한 속에 크게 활동할 만한 동기가 있는 것이라…."

〈의암성사법설 : 신통고〉

"나무는 개체 안에 세대를 축적한다. 젊음은 바깥쪽을 둘러싸고 늙음은 안쪽으로 고인다. 나무 밑동에서 살아 있는 부분은 지름의 1/10 정도에 해당하는 바깥쪽이고, 그 안쪽은 대부분 생명의 기능이 소멸한 상태라고 한다. 동심원 중심부는 물기가 닿지 않아 무기물로 변해 있고, 이 중심부는 나무가 사는 일에 간여하지 않는다. 이 중심부는 무위無爲와 적막의 나라인데 이 무위의 중심이 나무의 전 존재를 하늘을 향한 수직으로 버티어 준다. 무위는 존재의 뼈대이다."(김훈, ≪자전거 여행≫)

꽃한테 배우는 지혜

늦게 심어둔 과꽃이 피어 담담합니다.
태풍이 불었으나 키가 낮은 탓에 자신을 지켰습니다.

언제나 일에 임하여 우愚(어리석은 체), 묵黙(침착하게), 눌訥(말조심)
세 자를 도구로 삼으세요.
〈해월신사법설 : 대인접물〉

똑똑하고 잘난 사람과 마주하는 것은 피곤하다. 그런 사람이 뛰어난 지식으로 나를 속이거나 따지려 한다면 당해낼 수 없을 것 같다. 반면에 자신보다 모자란 사람과 함께 있으면 긴장을 푸는 게 자연스러운 반응이다. 당신은 다른 사람에게 어떤 사람인가? 긴장과 스트레스를 주는가, 편안함을 주는가?

도

보이지 않는 길
가다보면 느낀다

한결같이, 한결같이

나뭇가지는 약하다. 언젠가 생명을 놓았으나
기운은 여전히 흐른다. 무극대도의 길(道)도 그렇다.

등명수상무혐극
燈明水上無嫌隙

주사고형역유여
柱似枯形力有餘

등불이 물 위에 밝았으니 혐극이 없고

기둥이 마른 것 같으나 힘은 남아 있도다.

〈東經大全 : 영소〉

무릇 道를 지키고 이어간다는 건, 꾸준한 내적인 힘을 발휘해야만 가능하지요.
道는 무엇일까요? 자기 자신의 순결성입니다. 작은 나뭇가지가 햇빛을 받으며 성장하듯이 자신을 지키는 마음이 바로 순결입니다. 그러면 내적인 힘은 어디서 나올까요?
꾸준하게 바라보고 한결같이 이루어내는 게 내적인 힘이지요.

청산 문바위골에 들면

충북 청산에 계셨던 해월. 머나먼 세월이 지나도
여전히 바위로 살아 의연한 대도의 꿈 살피고 계신다.
바위 주변에 이르면 해월의 주문소리 들린다.

한울님은 마음이 있으나 말이 없고, 성인은 마음도 있고 말도 있으니,
오직 성인은 마음도 있고 말도 있는 한울님이니라.

〈해월법설 : 성인지덕화〉

'산천은 의구하되 인걸은 간데없네.'라는 싯구가 떠오른다. 쓸쓸하고 처연한 바위를 보며 스승의 지난날 모진 고생과 신념을 떠올려본다.

수평선을 바라보며

살결에 스치는 서늘한 바람 혼자서 시디 신 바다를 안아보라.
수평선이 수줍어 얼굴을 붉힌다.

땅은 만물을 실었으나 한 털끝같이 가볍고 덕은 사해에 덮였으나 조각 마음같이 옮더라.
바다가 달빛을 두르니 물의 성품이 깨끗하고 사람이 성인의 도를 지키니
천심이 밝아지느니라.
〈의암성사 : 우음〉

난 힘든 일이 있으면 바다로 간다. 산도 좋고 잠도 좋지만 끊임없이 다가오는 파도를 보면 마음이 좀 풀리고, 먼 수평선을 보며 다시 시작하는 끈을 찾는다.

꿈에 나타난 친구

숲에 이끼가 사는데요. 이끼는 쓰러진 나무, 썩어가는 나무에게 단벌옷이지만 자신을 입혀 줍니다. 숲속에서 마실 다닐 때 입으라고, 추울 때 몸을 여미라고, 어느날 꿈속에 친구들이 찾아왔네요.

한울이 한울 전체를 키우기 위하여 같은 바탕이 된 자는 서로 도와줌으로써 서로 기운이 화합을 이루게 하고, 다른 바탕이 된 자는 한울로써 한울을 먹는 것으로써 서로 기운이 화합을 통하게 하는 것이니라.

〈해월법설 : 이천식천〉

보는 이의 시각에 따라서 사물을 이해하는 각도가 달라집니다. 경쟁으로 보느냐, 협동으로 보느냐, 아주 중요한 관계설정이라고 봅니다.

물소리에 잠기다

한적한 여름 끝자락이었습니다. 용담정에 다다른 후, 약수를 마시고 바위에 잠시 앉아 떠나는 물길을 따라 눈을 감습니다. 흐르는 물소리에 내 마음을 더듬어보나 헤아리기 어렵습니다. 여전히 물은 흐릅니다.

도가 세 한울을 지나면 마음이 스스로 어두워지고,

바람이 잔잔한 물결을 움직이니 부질없이 시끄럽기만 하느니라.

〈의암법설 : 후경1〉

물을 이해하면 생각의 깊이가 넓어진다고 해서 폼을 잡아보나 역시 어려운 일이다. 하루아침에 무슨 도를 깨달으랴. 청량한 물소리에 정신만 좀 맑아진다.

길을 걸으며 당신을 떠올린다

깃발을 들고 나서는 순례 바닷길이든 비단길이든
동학의 님이 걸었을 터 어디를 가나, 어디에 있으나
님의 향기에 우리가 꽃피는 걸 어찌 모르겠는가!

겨우 한 가닥 길을 얻어 걸음걸음 험한 길 걸어가노라. 산 밖에 다시 산이 보이고 물 밖에 다시 물을 건너고 간신히 산 밖에 산을 넘어 왔노라. 바야흐로 들 넓은 곳에 이르니 비로소 대도가 있음을 깨달았노라.

〈東經大全 : 시문〉

순례를 한다는 건, 의미있는 발걸음이다. 혹여 순례터가 아니더라도 의미를 붙여 걸으면 신명나고 만남의 의미가 되살아난다.

천지는 늘 생산한다

자연은 필연이 아니라 우연이며 번잡이 아니라 단순이다.
실망할 일도 아니고 포기할 일도 아니다.
한울은 정한 이치대로 흐를 뿐 특별한 건 하나도 없다.
해는 새벽에 뜨고 저녁에 진다.

한울은 화생하는 직분을 지키므로 잠깐도 쉬고 떠나지 못하는 것이라. 만일 한울이 일분 일각이라도 쉬게 되면 화생 변화하는 도가 없을 것이요, 사람이 또한 일용지도를 잠시라도 떠나게 되면 허령창창한 영대가 가난하고 축날 것이라. 이러므로 수고롭고 괴롭고 부지런하고 힘쓰는 도는 금수라도 스스로 지키어 떠나지 않거든 하물며 사람이야 이것을 저버리며 떠날 바리오.

〈의암법설 : 권도문〉

내가 숨 쉬는 공간이 어디인가를 살펴본다. 바로 자연이다. 사는 동안 자연을 거스르지 않고 살려고 노력한다. 살면서 나의 책임이란 뭘까? 최소한 지구에 대한 예의로서 물건을 아껴야 한다.

빛살의 조화

식물은 따스한 햇볕으로, 아이는 엄마의 눈빛으로
자라고 자랍니다. 한울님의 조화입니다.

천지는 곧 부모요 부모는 곧 천지니, 천지부모는 한 몸이니라.
하늘과 땅이 덮고 실었으니 덕이 아니고 무엇이며, 해와 달이 비치었으니 은혜가 아니고 무엇이며, 만물이 화해 낳으니 천지 이기의 조화가 아니고 무엇인가.
〈해월법설 : 천지부모〉

무심코 느끼던 것에 대하여 다시금 마음을 둡니다. 바람, 낙엽, 웅덩이, 빗물, 새소리, 분변토, 시든 이끼들. 살펴보면 하나같이 귀하게 보입니다.

가끔은 숲에서 놀자

땅 속에서 들리는 엄마의 숨소리 누가 먼저 들었을까.
늑대의 발길을 따라 천리를 다녀오지. 누가 먼저 알았을까.
엄마가 오는 소리 나무의 뿌리가 먼저 알지.
내가 숲에 들면 굴참나무에 안기는 이유, 여기에 있지

운이 열리니 천지가 하나요, 도가 있으니 물이 하나를 낳았도다.
물은 네 바다 한울에 흐르고 꽃은 만인의 마음에 피었도다.

〈해월법설 : 강시〉

땅이 숨 쉬는 소리, 흙의 입자를 통하여 전달되리라. 톡토기가 듣고, 먼지벌레가 듣고 지렁이가 알아차린다. 뿌리는 이들을 조용히 품어준다.

다시 개벽

잘 타던 불꽃이 타다 멈춰 준다.
아직 동학이 사라지기에는 너무 이르다는 게다.
좀 더 느껴야 되고, 따스한 시선으로 바라볼 곳이 많다는 동학.
다시 개벽의 벽두에서 움츠린 게 분명한 동학.
사위어가는 동학을 보살피자는 이야기.

우리나라는 나무의 판국을 상징하니 삼절의 수를 잃지 말아라.

〈東經大全 : 필법〉

동학은 다시 어려운 국면에 접어 들었다. 힘들어도 견디며 자신의 위치를 지킬 일이다.

항쟁의 진실

제주의 굴헝은 최소한 앉아서 봐야 옳다. 그리고 마음으로 이 녘에서 살아온 그들과 살다간 그들에게 침묵으로 묵례를 올려야 옳다.
진실은 반드시 밝혀져야 하고 현재 밝혀지고 있다.
우리의 역사는 너무 왜곡이 심하다. 이 땅의 동학도 그렇다.

남쪽별이 둥글게 차고 북쪽 은하수가 돌아오면, 대도가 한울의 변화와 같이 액운을 벗어나리라.

〈東經大全 : 우음〉

모든 생명의 기는 하나로 연결되어 있다. 창도 이후 봉건 세력 및 제국주의와 싸워 온 동학은 현재 분단(국가적 각자위심, 자본주의와 공산주의라는 이데올로기)과 싸우고 있다. 남과 북 모두 정치적 경제적 질곡에서 자유로워야 온전한 大道를 펼 수 있을 것이다. 우리 모두 힘을 내자.

어디서 쉬어야 하나?

청개구리처럼 아늑하게 쉴 수 있는 공간,
어쩌면 스스로 만들어 가는지도 모른다.
우리는 어디서 쉬는 게 가장 편할까?

한 번 윗 지경에 뛰어오르면 비고 비어 고요하고 고요하여 물을 것도 없고 들을 것도 없으며, 마음과 같고 참과 같아서 우주의 모든 사물과 현상이 본래 나와 일체라. 오직 하나요 둘이 아니니 나와 너, 선과 악, 좋은 것과 싫은 것, 나고 죽는 것이 모두 이 법체가 스스로 쓰는 것이니 사람이 어찌 지어서 이루리오.

〈무체법경 : 삼심관〉

일체의 모든 분별이 없어지고, 경계가 터져 하나가 되면 어딘들 한울님 품속 아닐까?
사실 어렵고 어려운 일이다. 기도하고 고뇌하면서 답을 찾아보자.

보은 삼년산성

어른들 말씀에 의하면 여우는 백 년을 살면 꼬리가 생기고 천 년을
살면 구미호가 된다 한다. 이 돌담은 이미 천 년을 넘어 살고 있다.
성벽을 따라 다시 걸어봐야겠다. 삼년산성은 무엇이 되어 있을까?
거리를 나누며 포옹하던 지역마다 동물이 죽으면 나무가 운다.
숨 쉬는 숲속 공기에서 동물들의 호흡소리 쌓이고 쌓여 이야기가 된다.

개벽이란 한울이 떨어지고 땅이 꺼져서 혼돈한 한 덩어리로 모였다가 자축 두 조각으로 나뉨을 의미함인가. 아니다. 개벽이란 부패한 것을 맑고 새롭게, 복잡한 것을 간단하고 깨끗하게 함을 말함이다. 천지 만물의 개벽은 공기로써 하고 인생 만사의 개벽은 정신으로써 하나니, 너의 정신이 곧 천지의 공기이니라.

〈의암성사법설 : 인여물개벽설〉

작은 변화가 모여 본질적인 큰 변화가 오면 이를 개벽이라 한다.
변화는 변화에 대한 비전과 꾸준한 노력이 있어야 함은 물론이다.

우주의 파상전류

벌 한 마리 차가운 대리석에 앉아 온 몸을 떨고 있다.
언덕에 운무가 자욱하게 내려올 때였다. 곧 비가 올 듯한데
벌의 날개에 손을 대자마자 반사적으로 꼬리침을 위로 올린다.
살아있다고 본능적으로 움직이는 벌. 나는 움칫 놀란다.
우주의 전류가 흐르는 느낌.

만물이 시천주 아님이 없으니, 날짐승 삼천도 각각 그 종류가 있고 털벌레 삼천도 각각 그 목숨이 있습니다. 이 모두를 공경하면 덕이 온 세상에 미칠 것입니다.

〈해월신사법설 : 대인접물〉

작은 벌레와 나를 관통하는 것은 하나의 원리, 하나의 성령이다.
이를 알고 느끼고 실천하는데서 참된 삶의 변화가 시작된다.

열매가 되는 이유

길섶에 매화꽃 시들어 가네. 향기 아직 훈훈한데 숱한 날을 기다려 품어 내던 늙은 나무, 봄볕 가득 품어 실한 매실이 되리라.

원형이정은 천도의 모습이요, 한결같이 중도를 지키는 것은 사람이 살필 바니라.

〈東經大全 : 수덕문〉

나고 자라고 열매 맺고 저장하는 순환이 생명의 본질이다. 그런 계절에 따른 변화는 서두르거나 늦어지는 법이 없다. 그것이 중도다. 사람이 배우고 따라야 할.

유무상자有無相資

참 좋은 뜻입니다. 서로 나눠도 다툼이 없는 세상.
어려운 일은 같이 나누고 서로에게 힘 북돋아주는 동학의 정신.

모심의 시작은 위하는 마음이다.
그 마음은 도움이 필요한 사람에게 더 필요하고 절실할 것이다.

〈유무상자 : 1892. 11. 19. 경통〉

동학 시절, 동학도인들 간에 경제적으로 어려운 이를 서로 돕는 것은 물론이고 관이나 지방 세도가에게 피해를 입고 사람이 상하면 남은 가족을 적극적으로 도와 부양했다.

소외의 군집

꼬부랑 할머니는 날마다 자신의 유모차를 밀고 나가 밤이고 낮이고 정해진 시간이 없이 버려진 물건을 줍습니다. 종이. 빈 병. 작은 쇠붙이. 헌 옷.
모두 물질고아를 입양합니다. 고아들은 모이고 모여서 할머니에게 따뜻한 밥 한 끼를 차려 드립니다.

손수 꽃가지를 꺾으면 그 열매를 따지 못할 것이요, 폐물을 버리면 부자가 될 수 없느니라.

〈해월법설 : 대인접물〉

성찬경 시인이 말했습니다. "우리 집 헛간에는 고물들이 많이 있어요. 길섶에 홀로 떨어진 녀석을 모셔옵니다. 모두 물질고아이지요." 전 이 이야기에 감동 받았습니다. 사물을 생각하는 시인의 마음 때문이죠. '물질고아' 다시 새겨 봅니다.

내 몸의 일부

매일 쓰는 안경이 없으면 생활하기가 불편하다. 안경이 없는 세상은 상상하기 힘들다.
내 몸의 일부가 된 안경, 몸의 일부가 된 게 또 뭐가 있을까?

사람은 사람을 공경함으로써 도덕의 최고 경지가 되지 못하고, 나아가 물건을 공경함에까지 이르러야 천지의 기운에 화하는 덕에 합일될 수 있느니라.

〈해월법설 : 삼경〉

살면서 내 몸을 유익하게 해주는 게 뭐가 있을까? 건강과 직결되는 게 우선이라고 본다. 여자가 즐겨하는 액세서리도 마음을 충족시키는 소중한 몸의 일부라고 생각한다.

꽃잎이 모이면

꽃잎을 주워 와 방에 모셨습니다. 책상이 갑자기 환해졌어요.
삐딱한 책이며 오래된 영양제, 투덜대던 중저음 스피커가 조용해
졌어요.
꽃과 사물들을 보면서 다시금 나를 돌아다봅니다.
나는 주변에 얼마나 신선한가?

사람을 대할 때에 언제나 어린아이 같이 하라고. 항상 꽃이 피는 듯이 얼굴을 가지면 가히 사람을 융화하고 덕을 이루는 데 들어가리라.

〈해월법설 : 대인접물〉

꽃이 주는 매력은 참 신기할 정도이다. 어릴 때부터 지금까지 변함이 없다.
꽃 이파리 한 잎만 봐도 설렌다.

몸의 균형을 생각한다

내 도반 한의사 호연이가 그랬어요.
사람이 하루 종일 서 있으면 뼈가 상하고, 하루 종일 앉아 있으면
근육이 상하고, 온 종일 누워 있으면 온 몸이 상한다고.
난 이 말을 들은 이후로 몸의 균형을 잡으려 살핍니다.

왜 그런가 하면 몸이 없으면 성품이 어디 의지해서 있고 없는 것을 말하며,
마음이 없으면 성품을 보려는 생각이 어디서 올 것인가.

〈무체법경 : 성심신 삼단〉

몸의 균형을 잡아가는 건 쉬운 일이 아니다. 늘 살피고 관심 갖고 돌봐야 한다.
적절하게 늙어 가는 게 보람된 삶이다.

스러지는 동안

홀로 남았다. 홀로 남을 땐, 이미 자신이 시들었다는 사실을 알아야 한다.

고난이 극에 달하면 곧 좋은 일도 돌아오지만

현숙한 모든 군자들이여, 어려울 때 함께 하였던가?

〈용담유사 : 교훈가〉

인간은 고독한 존재가 맞다. 홀로 있을 때는 당연지사다.

혼자 지낼 수 있는 자구책을 찾아야 한다.

들판을 바라보며

나무 그늘에서 쉬었다. 바람에 유영하는 벼이삭.
올 해도 풍년이길 바랐다. 농부의 바람대로, 정한 수확은 했으나
빈 들녘의 허허로움 그대로, 농부는 여전히 허허롭다.

그릇이 비었으므로 능히 만물을 받아들일 수 있고, 집이 비었으므로 사람이 능히 거처할 수 있으며, 천지가 비었으므로 능히 만물을 용납할 수 있고, 마음이 비었으므로 능히 모든 이치를 통할 수 있는 것이니라.
〈해월법설 : 허와 실〉

농사를 짓는다는 건, 정말 힘들고 힘든 과정이다. 주변에서 보면 낭만적이고 목가적으로 보이지만, 자신의 온 몸과 정신을 받쳐 지어내는 농사. 위대한 걸음걸이가 바로 농사이다.

만나는 일은 같다

만남은 어디서든 소중합니다. 사람과 사람, 나무와 나무, 뜻과 뜻, 뿌리와 뿌리가 만나 근본을 돌아봅니다. 잊고 살던 우리에게 만남은 샘솟는 감정을 제공합니다. 지기의 기화작용이지요.

너는 오직 사람이라. 너와 더불어 같은 동류가 다 너이니, 너는 오직 사랑하는 것을 자기 몸같이 하여 함께 도에 이르도록 하라.

〈천도교전 : 박애〉

가까이 있을 때 좀 더 만나고 대화를 할 일이다. 변하는 감정도 공유해 보고, 가만히 지켜봐주는 미덕도 쌓을 일이다.

보이는 인간의 욕심

바다에 사는 물고기가 천수를 다한다는 건
가장 크게 자라서 뭍으로 오르는 거랍니다.

내가 사는 것은 누구를 위하여 사는 것인가.
내가 사는 것은 창생을 위하여 사는 것이라.
〈의암법설 : 강시〉

자연스럽게 자란 생물을 보면 가슴이 뜁니다. 부럽기도 하구요.
저렇게 자라기까지 얼마나 많은 시련을 견디었을까요.

사람을 생각한다

시간은 떠나도 달력은 남더라.
지리한 장마도 보냈고, 무더운 무더위도 용케 피했다.
아프고 아프던 날들 심한 생채기의 마음들 어느새 아물어 간다. 나를 이해하며 안아주는 이들에게 달력의 빨간 숫자만큼 최소한 기억해야 한다.

세상 법은 백년 괴로움이요, 성인의 법은 만년 근심이라.

〈의암성사법설 : 내원암 음〉

사람들 삶은 세월이 흐르고 세상이 변하며 계속 달라진다. 세상 법도 따라 변한다.
그러나 성인의 법은 변하지 않는 진리다. 사람의 삶과 세상이 변해도 달라지지 않는 건 한울 법이다.

존재를 묻는다

한 사내가 여기까지 걸어서 왔다.
숱하게 잠재된 상념들. 기억이 윤슬처럼
부서져 내리고, 햇살이 커튼을 치는 수평선.
나는 누구인가? 나의 존재는 어디서부터
시작하는가? 붉은 노을에게 묻는다.

모든 운용은 나에서 시작되니 나의 시작점이 곧 한울이 시작된 근원이다. 한울의 근본은 천지가 갈리기 전에 시작되었으니 그러므로 이 모든 억억만년이 나로부터 시작되었고, 천지가 없어질 때까지 이 모든 억억만년이 또한 나에게 이르러 마무리 되는 것이니라.

〈무체법경 : 성심변〉

나는 일개 육신을 가진 나이기도 하고, 한울 대생명과 하나인 나이기도 하다. 내가 없으면 삶이 즐겁고 힘들고가 무슨 의미가 있으랴? 내가 변하지 않으면 세상이 어떻게 변하겠는가?

아이들은 우주에서 왔다

어느 별에서 지구까지 왔을까? 엄마의 몸을 빌려 초록별을 찾아온 아이들. 그저 싱그럽고 유쾌한 나날, 아이들을 위해 엄마는 언제나 뒷자리를 지킨다.
우리는 아이들을 위해 얼마나 뒷자리에 함께 했을까?

아이를 때리는 것은 곧 한울님을 때리는 것이니 한울님이 싫어하고 기운이 상합니다.

<해월신사법설 : 대인접물>

자신이 낳았어도 아이는 독립된 생명체요, 한울님이다. 실로 정자와 난자가 만나도 한울님 영기가 강령되지 않으면 생명이 잉태되지 않고, 태어날 때 외유기화가 강령되지 않으면 새 생명이 이어질 수 없다. 아이는 온전히 한울님이 부모의 몸을 빌려 나오는 것이고, 부모에게 한울님이 양육을 위탁한 것이다.

소나무를 바라보며

잠시 기다리자. 접어놓은 마음 펴질 때까지.

"사람을 대하고 물건을 접함에 반드시 악을 숨기고 선을 찬양하는 것으로 주를 삼으세요. 저 사람이 포악으로써 나를 대하면 나는 어질고 용서하는 마음으로써 대하고, 저 사람이 교활하고 거짓으로 말을 꾸미거든 나는 정직하게 순히 받아들이면 자연히 돌아와 화할 것입니다."

〈해월신사법설 : 대인접물〉

손해를 보더라도 오직 바르게 대하고 정도를 보여주면 잘못을 깨닫고 부끄러워할 것이요. 길게 보면 그게 오히려 이득이 된다. 그러나 반전은 다음 구절에 있다. "이 말은 비록 쉬우나 행하기는 어려우니 이런 때 도력을 볼 수 있습니다."

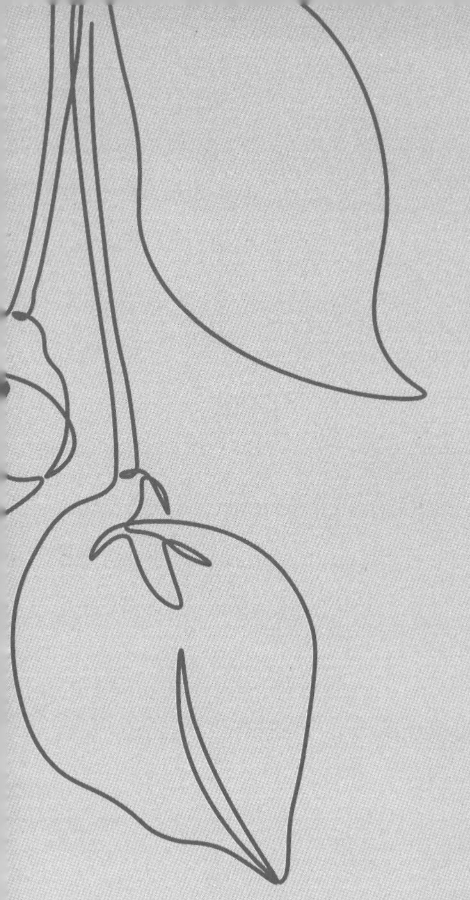

가족

모였다 흩어지는 관계
끝까지 책임있는 노력의 과정

어매가 보인다

어매가 아현동 달동네 살 때, 동전 100원을 손에 꾹 쥐고 흰 빨래처럼 널린 국수집을 세 번을 왔다 갔다 했노라고, 어느 날 바람 불듯이 이야기했다. 그때는 그런가보다 하고 잊었다. 그런데 무슨 일인지 이즈음에 어매의 모습이 스친다. 늦은 밤 자판을 두드리는 중에 왜소한 몸짓이 보이며 해월의 부르튼 발목과 자꾸만 겹친다.

내가 일찍이 양산 통도사에서 수련할 때에 환히 깨달으며 "옛적에 이곳을 보았더니 오늘 또 보는구나" 하는 시 한 구를 불렀으니, 이것은 대신사의 옛적과 나의 오늘이 성령상 같은 심법임을 말한 것이니라.

〈의암법설 : 성령출세설〉

엄마를 생각하면 늘 안타까움이 먼저다. 생활을 하는 동안 마음대로 먹어보지도 못하고 세상을 등지셨다. 해월을 생각하면 그 안타까움은 배가 된다. 해월의 마지막 사진에 보이는 부르튼 발을 봐도 그렇다.

잃어버린 물건을 찾는 방법

할머니가 말씀하신다. 종훈아, 물건을 잃었으면 혼자서 조용히 일주일은 찾아라. 그래도 없으면 사람들에게 도움을 청하거라. 그 후로 난 그렇게 한다. 대부분 일주일 안에 물건을 찾았다.

나에게 한 물건이 있으니 이 물건이 나의 본래 나니라. 이 물건은 보려 해도 볼 수 없고, 들으려 해도 들을 수 없고, 물으려 해도 물을 곳이 없고, 잡으려 해도 잡을 곳이 없느니라. 그러나 항상 머무는 곳이 없어, 능히 움직이거나 고요함을 볼 수 없으며, 법으로써 능히 법하지 아니하나 만법이 스스로 몸에 갖추어지며, 정으로써 능히 기르지 아니하나 만물이 자연히 나는 것이니라. 변함이 없으나 스스로 화해 나며, 움직임이 없으나 스스로 나타나서 천지를 이루어내고 도로 본체에서 살며, 만물을 생성하고 편안히 만물 자체에서 사니, 다만 천체를 인과로 하여 선도 없고 악도 없으며 나지도 않고 죽지도 않나니 이것이 이른바 본래의 나니라.

〈의암법설 : 삼성과〉

할머니의 말씀을 들은 이후, 물건을 잃었을 때 당황하지 않고, 우선 나의 기억을 되살려 거꾸로 시간여행을 한다. 처음 갖고 있던 시점부터 차근차근 풀어나가니 잃은 물건이 찾아졌다.

아이의 바람을 듣다

처갓집에 몇 개월 아이를 맡긴 적이 있어요.

어느 날 저녁 처가에 도달하는데 딸내미의 목소리를 우연히 듣습니다.

윗층에 사는 이웃이 말합니다.

이웃 : 어, 지민이 오랜만이야, 예뻐졌네.

지민: 아빠가 데리러 온데요.

이웃 : 그래? 지민이 좋겠다.

나는 먼발치에서 듣습니다. 아이의 설레는 목소리, 간절히 기다리는 마음이 벌써 내 품에 안깁니다.

가는 길은 멀고도 먼데 생각나는 것은 너희뿐이로구나.

객지에 외로이 앉아 어떤 때는 너희 모습이 생각나서

귀에도 쟁쟁하며 눈에도 삼삼하구나.

〈용담유사 : 교훈가〉

지난 시절, 지금도 늘 아픈 건 아이들과 많은 시간을 갖지 못한 거다.

아이의 간절한 바람, 지금 느껴도 마음에 섧다.

고운 햇살에 들다

연로한 어르신이 종단회의를 하러 밤기차로 서울역에 내려 어둠을 도와 종로3가까지 걷습니다. 그래도 시간이 남은지라 탑골공원에서 기다립니다. 벤치에서 잠시 졸고 있는데 의암 손병희 선생이 동상에서 내려와 말없이 안아줍니다. 지금도 한낮에 졸고 있는 할배들 의암은 햇살로 안아줍니다.

조상의 정령은 자손의 정령과 같이 융합하여 표현되고,
앞선 스승의 정령은 후학의 정령과 같이 융합하여 영원히 세상에 나타나서 활동함이 있는 것이니라.
〈의암법설 : 성령출세설〉

믿음은 진실할 때 통한다. 갈 때는 가야 하고, 쉴 때는 쉬어야 한다. 공원에 가면 오고가는 무거운 발걸음을 본다. 종로3가 지하도까지 힘든 어른들을 똑바로 보기가 미안타.

소녀의 기도

소녀는 늘 혼자였다. 흰 파도와 묵은 갈매기,
소녀의 눈물을 떠올린다. 침묵의 눈물.

아버지와 아들이 가깝다 해도 운수조차 같겠는가?
형제가 한 몸에서 나왔다 해도 운수조차 하나겠는가?

〈용담유사 : 교훈가〉

공부와 깨달음은 혼자 가야 하는 것. 인생은 비교하는 게 아니다.

첫발

누구나 첫발은 설렌다. 먹이를 찾는 괭이도
길을 나서는 엄마도 늘 아이들 생각뿐이다.

먼 곳에 일이 있어서 가게 되면 나에게 이롭고 가지 않으면 해롭게 되었다. 급하게 길을 나서서 가다가 도중에 생각하니, 길은 아직 멀고 집은 종종 생각나서, 정말 가는 게 이로운 것인지 의심이 끊이지 않는다. 확신이 서지 않아 도로 돌아오니 그 얼마나 못났는가?

〈용담유사 : 흥비가〉

돌아보지 말자. 이왕지사 길을 나섰으니 내가 가는 길이 첫발이다.
묵은 가지에 새움이 돋듯 늘 봄처럼 여기며 걷자.

자식의 무관심

엄마가 꽃과 나무를 좋아하는 줄 이제야 알았습니다. 평상시에 득달같이 아들에게 화만 내던 엄마. 어버이날 카네이션을 사오면 획 집어 던지던 엄마, 유품을 정리하며 알았습니다.
엄마도 꽃을 좋아하고, 카네이션을 좋아한다는 사실을, 사진들을 보고서야 알았습니다.

사람이 자식을 낳아 뜻을 주고 집을 전하는 것은 어느 날 눈앞에 문득 닥치지만, 죽은 뒤에 제사를 받드는 것은 아직 깨이지 못한 나머지 정성이라. 그러나 전해 오는 풍속이 죽은 뒤에 제사 지내는 것을 살아 있을 때보다 갑절이나 존경함을 더하니, 어찌된 것인가.

〈의암법설 : 수수명실록〉

평상시 대화도 많이 하고, 두루 살피며 살 일이다. 오직 아끼려는 마음이 가득한 부모에게 대화가 안 통한다고 멀리하고, 미리 이야기를 차단했던 지난날이다. 스스로 벽을 치고 살았다.

철지난 약속

아이가 말한다. 아빠, 언제 놀아 줄 거야.
응, 세 밤 자고… 아이에게 단골손님은 밤인데 세 밤이다.
옛날로 다시 돌아간다면 매일매일 놀아 줄 거다.
밤마다 신나게 놀다가 놀다가 품에 안고 잠들 거다.

마음이 기쁘고 즐겁지 않으면 한울이 감응치 아니하고,
마음이 언제나 기쁘고 즐거워야 한울이 언제나 감응하느니라.
〈해월법설 : 수심정기〉

아이와의 약속은 꿈처럼 지나고 이러구러 세월만 지났다. 세상사 쓸쓸허구나. 단가인 사철가가 떠오른다. 애비의 한숨을 자식이 알아주려나. 그저 미안할 뿐이라.

여인의 자태가 떠오른다

항아리는 모여 살아야 맵시가 산다.
모여 있으면 어디 좋은 혼처자리 구하는 여인네 같아.
적당하게 자리하면 집안의 가풍을 가늠한다.

나고 키우고 거두고 저장하는 것은 천도의 떳떳한 것이요,
오직 한결같이 중도를 지키는 것은 사람이 일에서 살펴야 하는 것이니라.
〈용담유사 : 수덕문〉

식구들의 건강을 책임지는 단지들. 여인이 마음 쓰는 책임과 같다.
항아리와 여인, 식구들의 건강을 위한 닮은꼴이다.

검정고무신이 준 추억

초등학교 2학년쯤일까? 엄마가 처음으로 검정고무신을 사줬다.
시오리를 걸어 다니던 시절, 탄력 좋은 고무신은 마냥 신기했다.
학교에서 신고 오다가 들길로 접어들어 혼자 집에 갈 때는 신발은
양손에 들고 걸었다. 헛, 그런데 저기서 어떤 아줌마가 온다.
난, 풀밭에 앉아 내 발가락을 만지고 있었다.

나에게 두 마음이 있으니 하나는 사랑하는 마음이라 이르고, 하나는 미워하는 마음이라 이르느니라. 사랑하고 미워하는 두 마음이 마음을 가리운 것이 티끌과 같으니라. 사랑하고 미워하는 것은 어디서 온 것인가? 모든 물건이 마음에 들어오면 자연히 사랑하는 것과 미워하는 것이 생기나니라. 이렇듯 사랑하고 미워하는 것은 물건의 반동심이라, 비유하면 젖먹이가 눈으로 물건을 보고 사랑하는 마음이 생기어 기뻐하며 웃다가 물건을 빼앗으면 성내어 싫어하나니, 이것을 물정심(물건에 정든 마음)이라 이르느니라. 물정심은 곧 제이 천심이니 억만 사람이 다 여기에 얽매어 벗어나지 못하리라.

〈의암법설 : 진심불염〉

엄마가 사준 새 신발, 오래 신으려고 아끼고 아꼈다. 그러다가 여름 한나절 큰비 지나고 개울에 물이 철철 넘치던 날, 동무들과 연신 놀다가 그만 신발을 놓치고 말았다. 물길을 따라 둥둥 떠가는데 물이 깊어 들어가지도 못하고 신발 한 짝을 잃어버렸다.

화전민 친구

내 도반 호연이가 그랬어요. 형! 난 화전민이었어. 부산 황학산 산만디에서 천막을 치고, 아버지와 엄마 그리고 다섯 누나들 어떻게 살았을지 상상이 어렵습니다. 그가 그립습니다.

사람은 크게 소박한 상태에서 나온 것이니라.

그 생각이 종교계에 통하기는 불가사의한 일이로다.

〈의암법설 : 대종정의〉

이 시대에 화전이야기라니. 참 옛날이야기이다. 우리 선조들이 어렵게 살았던 조선조 말쯤의 이야기. 근데 70년대 초까지 있었던 일이다. 내 도반 김호연동덕 이야기이다. 90년대 내가 부천 고강동에 살 때 어떤 젊은 아가씨가 야산으로 가길래 호기심에 따라가 봤다. 그런데 숲을 한참 가더니 사각형의 판자집으로 들어간다. 그 앞에는 커다란 비닐로 친 웅덩이가 있었다. 필시 물을 모으는 장치였다. 거기는 수도도 없고, 전기도 없다. 오로지 생존만 있을 뿐이었다. 지금도 어딘가에는 가난의 정점에 선 이들이 있다.

아! 병든 아버지

아버지가 고주망태로 단칸방으로 오는 발자국소리가 들리면, 키우던 개가 먼저 깨갱거리며 도망쳐요. 아뿔사! 엄마와 나도 꽁줄나게 내뺍니다. 애비가 술에 취해 들어오면 우린 이유없이 맞았거든요.

아이를 때리는 것은 곧 한울님을 때리는 것이니 한울님이 싫어하고 기운이 상하느니라.

〈해월법설 : 대인접물〉

애비는 인민군에게 두 번이나 잡혀서 쌀가마니 매고 북으로 끌려갔다. 그러다 기회를 봐 변소 들창으로 탈주를 했다 한다. 쏘아대는 따발총을 뚫고 논둑길을 도망 나온 그때의 충격이지 싶다.

술을 들면 벽면을 보고 혼자 말하며 새벽까지 이어진다.

아이의 상상력

아이가 말합니다. 산은 커다란 악어랍니다. 난 사람은 악어새라고 말합니다. 악어산과 잘 어울리며 살아가는 악어새, 한울님은 꿈꿉니다. 이들이 조화롭게 사는 모습을.

나는 비록 부인과 어린아이의 말이라도 배울 만한 것은 배우고
스승으로 모실만한 것은 스승으로 모시노라.
〈해월법설 : 대인접물〉

만약 아이의 말대로 산이 악어라면 조심해서 다녀야 한다. 혹시 물릴지도 모르니.
사람들은 가끔 악어에게 혼나기도 한다.

생활의 유품

이 칼은 어머니가 아끼던 유품이다. 예전부터 있었던 우리 집의 빈한한 살림살이. 엄마 형제는 구남매였다.
그 중 오빠 한 명이 빨치산으로 몰려 죽었다는 소문. 한 번도 나는 그 비밀을 직접 들은 바 없다. 다만, 귀동냥으로 들었다. 그래서 추측하기를 그 솜씨 좋았다는 오빠가 만든 거라고 믿는다. 살면서 이 칼은 아픈 과거가 있다. 아버지로 인해 엄마의 등에 난 상처와 술에 취해 자신의 새끼손가락을 끊는 걸 난 지켜봤다. 그런데도 이 칼은 여전히 쓰인다. 이 물건은 인간에 대한 연민과 애증이 숨쉬기 때문에.

마음은 하나이지마는 그 씀에 있어 하나는 이심이 되고 하나는 치심이 되나니, 이심은 한울님 마음이요 치심은 사람의 마음이니라. 비유하건대 같은 불이로되 그 씀에 의하여 선악이 생기고, 같은 물이로되 그 씀에 의하여 이해가 다름과 같으니라.

〈해월법설 : 이심치심〉

칼은 쓰이는 용도에 따라 천양지차이다.
난 지금도 뾰족하고 날카로운 걸 똑바로 보기 어렵다.
지금은 이 칼을 버렸다.

라면 반쪽

엄마의 라면 반 개를 생각해 보는 아침입니다. 자식을 공부하는 학원에 따뜻한 밥을 먹여 보내고 자신은 늘 라면으로 아침과 점심을 먹는다고 이웃집 아주머니가 철없는 자식에게 어느 날 아침 귀뜸해 주었습니다.

한울은 사람에 의지하고 사람은 먹는데 의지하나니, 만사를 안다는 것은 밥 한 그릇을 먹는 이치를 아는 데 있느니라. 사람은 밥에 의지하여 그 생성을 돕고 한울은 사람에 의지하여 그 조화를 나타내는 것이니라."

〈해월법설 : 천지부모〉

아현동 달동네 살 때 이야기입니다. 제가 이십대 초반 재수시절 전 어렵게 단과학원을 다니고 있었고, 서대문까지 걸어 다녔지요. 철없는 자식의 행보에 늘 허기졌을 어머니를 생각하면 가슴이 먹먹합니다.

아이의 소꿉

기차를 타고 가는데 잠결에 아이와 엄마의 말 소꿉이 들립니다.
아이가 물건을 만드나 봐요.
초코를 나열하자 엄마가 묻습니다. 여기 파란색 있어요.
흠, 노란색…, 흰색은요.
응. 그거, 만드러고 있어… 네, 만들어 주세요. 몇 번이고 반복하는 말 소꿉. 초콜릿공장이 점점 커져 갑니다. 우리 내잇 만나~ 아, 내일 만나요? 그래요, 내일. 네에… 내잍 만나…. 요~.
네. 내일 만나요. 내일을 강조하는 엄마. 어렵게 아이가 내일을 발음합니다. 그리고 경어를 따라 합니다. 풍성한 초콜릿, 나도 맛보고 싶네요.

갓난 어린이 옥을 안아도 욕심이 없고,
성인의 도는 티끌세상에서도 티끌에 물들지 않느니라.
〈의암법설 : 내원암 음〉

아이와 말로 하는 소꿉놀이, 먼발치서 들어도 청량하게 들립니다.
어릴 때 아이들이 그립습니다.

늦가을 홍시

우리는 한 시절 한 자리에 살던 형제이다. 살면서 다툼없이 지냈고, 유려한 노랫가락과 풍족한 비바람이 우리를 도왔다. 우리는 잊지 않고 부지런히 몸 바꾸어 옷을 지었다. 초록이 붉게 되도록 나뭇가지에 앉아 묵상을 한다. 홍시는 묵상에서 온다.

나에게 한 잠잠한 것이 있으니 세상이 능히 알지 못하도다. 잠잠한 속에 나무가 있으니 그 줄기는 성품이 되고 그 가지는 마음이 되었느니라. 성품이 있고 마음이 있음에 큰 도가 반드시 생겨나느니라.

〈무체법경 : 극락설〉

과일이 익는다는 건 기다림을 전제로 한다. 그 때를 맞추어 적절한 시기를 맞이해야 비로소 최고의 맛을 견지한다. 우리가 행하는 일도 마찬가지다. 적절한 시기가 사람에게 감동을 준다.

어느 시골에 홀애비 두더지가 살았더래요

애지중지 키운 자식들 모두 시집 장가 보내고 알뜰하던 아내도 먼저 하늘나라로 떠난 지라. 늙은 몸 혼자 초가집 헛간에 의지한 채 살아가는데 집주인의 거동도 뒤똥뒤똥 겨우겨우 걸음을 띄지요. 자신을 가끔 봐도 본체만체 하드랍니다. 두더지는 그것이 고마와 눈이 소복히 내리는 밤이면 저 혼자 나와서는 달빛을 벗 삼아 이 신발에 앉았다, 저 신발에 앉았다 밤새워 신발이 꽁꽁 얼지 않도록 했더랍니다. 사실 늙은 주인도 시력을 거의 잃어 두더지가 있는지 없는지 모른 채, 한 겨울이 이리 지나가네요.

만물이 시천주 아님이 없으니 능히 이 이치를 알면 살생은 금치 아니해도 자연히 금해질 겁니다. 날짐승 삼천도 각각 그 종류가 있고 털벌레 삼천도 각각 그 목숨이 있으니 물건을 공경하면 덕이 온 세상에 미칠 것입니다.

〈해월신사법설 : 대인접물〉

이 모두가 생명의 그물망으로 연결된 한 한울이다. 그러므로 한울님 덕을 실천하는 것은 사람과 물건을 공경하는 것으로부터 이루어진다. 하늘에 기도만 해서는 덕이 없다. 진리를 실천해 나의 삶이 바뀌어야 한다. 실천하는 삶이 우리의 귀감이다.

엄마의 손맛

비슷한 세월이 흘러도 엄마가 해준 반찬의 맛, 우리는 죽을 때까지 기억한다.
없는 살림에도 객지에 살고 있는 자식들을 위해 당신의 손맛을 담아낸다.
엄마의 음식을 먹는 차원을 넘어 엄마의 정성을 삼킨다.
어떤 날은 목이 멘다. 나도 늙었나보다.

사람이 어렸을 때에 그 어머니 젖을 빠는 것은 곧 천지의 젖이요, 자라서 오곡을 먹는 것 또한 천지의 젖입니다. 어려서 먹는 것이 어머님의 젖이 아니고 무엇이며, 자라서 먹는 것이 천지의 곡식이 아니고 무엇인가요. 젖과 곡식은 다 천지가 주는 먹거리입니다.

〈해월신사법설 : 천지부모>

우리가 늘 먹는 음식이 한울님의 젖임을 모르고 사니, 고기가 물을 깨닫지 못하는 것과 같다. 당연한 것이 과연 늘 있고 하찮은 것인가? 나이가 들어서야, 부모가 떠난 뒤에야 알게 되는 우리의 어리석음.

붉은 노을에 물든 청춘

어느 도시를 가나 할매가 주로 폐지를 더 많이 주우러 다니십니다. 작은 유모차나 아니면 그저 어깨에 끈을 메고 품 지게를 하고 가지요. 예전에도 본 풍경이 지금도 도처에 있으니 어찌 보면 답답한 노릇이에요. 내일 모레가 명절인데 떡국은 제대로 드시려는지. 한 평생을 열심히 살아낸 어른인데 얼마나 더 길가에서 휴지를 주워야 할까요?
서글픈 노을이 지고 있습니다. 모두들 저녁 먹을 시간입니다.

빈궁상휼
貧窮相恤

가난한 사람을 서로 생각하라.

〈임사실천십개조〉

사회의 복지에 대하여 실질적으로 혜택이 갈 수 있도록 해야 합니다.
사회의 나눔은 절대극빈자에게 돌아가야 합니다.

우연의 일치

속이 썩을 동안 괴로웠을 나무.
표내지 않고 잘살았다. 어머니 같다.

과거에는 부인을 내리 눌렀으나 지금 이 운을 당해서는 부인 도통으로 사람 살리는 이가 많을 것입니다. 이는 사람이 다 어머니의 포태 속에서 나서 자라는 것과 같습니다.

〈해월신사법설 : 부인수도〉

어머니는 자식을 위해 아낌없이 주신다. 공치사 하지 않는다. 남성적이고 권력 지향적인 문화가 지배하는 동안의 세상은 전쟁과 경쟁으로 대변되는 각자위심의 시대였다. 새로운 후천의 문명은 남성적 이데올로기에 의해 의도적으로 억눌려 왔던 여성성의 회복이고, 새로운 모계사회의 도래이다. 죽임의 문명에서 살림의 문명으로의 전환이다.

살아가는 동안

여기서 살려면 어찌해야 하나? 적당히 노를 저어야 한다.
물살에 휩쓸리지 않도록
바다로 흘러가는 게 물의 숙명이라면
우리는 어디로 흘러가는 숙명인가?

해와 달은 비록 밝으나 검은 구름이 가리면 병 속의 등불 같으니라. 성품의 맑고 깨끗한 것을 많은 장애물이 둘러서 진흙 속에 묻힌 구슬과 같으니, 다른 묘한 방법이 없고 다만 마음으로써 스승을 삼아 굳세게 하여 빼앗기지 아니하며, 정하여 움직이지 아니하며, 부드러우나 약하지 아니하며, 깨달아 어둡지 아니하며, 침묵하나 잠기지 아니하며, 한가하나 쉬지 아니하며, 움직이나 어지럽지 아니하며, 흔들어도 빼어지지 아니하며, 고요하나 쓸쓸해하지 아니하며, 보이나 돌아보지 아니하며, 능력이 있으나 쓰지 않을 것이니라.
〈의암법설 : 후경2〉

우리가 살아가는 세상이 어쩌면 노를 계속 저어야 하는 운명이라고 본다. 여기저기 살피고 관계를 정립하고, 나아가 자신의 품위유지를 위해 늘 노력해야만 한다.
요즘엔 차분히 노를 놓고, 쉬기가 쉽지 않다.

흐르는 물이 말하기를

어린 물이 먼 길을 흐르다 흐르다 지쳐 혼잣말을 합니다. 나 좀 쉬고 싶어 다리가 아파 며칠만이라도 쉬었으면. 물이 깊이 잠든 어느 날, 한울님은 물의 기도를 마음속에 두고 있었죠. 날씨에게 부탁하여 편안한 잠자리를 마련해 줍니다.

전날 문 앞을 나서던 첫 마음은 하루에 목적지까지 도달하려 하였으나 이번 걸음이 처음 가는 길이라, 길을 떠난 지 몇 날 만에 갈림길이 많이 있어 혹 옆으로 달려갈 염려도 무섭고, 또한 지루한 마음도 있어 길 위에서 머뭇거리다가 돌이켜 생각한즉, 이번 가는 것이 첫길이라, 누구를 대하여 물을 것인가.
〈의암법설 : 입진경〉

물은 쉬지 않는다. 끊임없이 움직인다. 물의 속성이 그렇다. 물의 마음을 이해하려니 방법은 하나 있다. 그래, 얼면 좀 쉬겠구나. 얼음으로 꽁꽁 얼면 차분히 쉬겠구나.

배고픈 시절

그러니까 초등학교 다닐 때, 점심은 늘 수돗물을 마셨다. 다른 친구 두 명도 있었는데 늘 함께 들이켰다. 그런데 가끔 선생님이 도시락을 주신다. 우린 딱 삼등분으로 나눠 먹는다 . 그때 난 막연히 생각했다. 나도 선생님이 되어야지. 오랜 세월이 흐른 지금, 나를 돌아본다. 배고픈 아이를 위해 먹을 걸 준비하는 선생님이 되질 못했다.

한울은 사람에 의지하고 사람은 먹는데 의지하나니, 만사를 안다는 것은 밥 한 그릇 먹는 이치를 아는 데 있느니라.

〈해월법설 : 천지부모〉

나주초등학교 다닐 때 이야기다. 3학년 때, 이제는 선생님 이름도 기억 못하지만 바짝 마르신 남자선생님이셨다. 한 50대 중반정도. 그때는 나이도 몰랐지만 지금 기억을 더듬어 보니 그렇다는 것이다.

인디언 격언이 전합니다

"세상에 죽음은 없다, 다만 위치가 바뀔 뿐이다."
콩나물국밥에 떠있는 새우 한 마리, 유난히 커 보이는 눈동자,
오늘 맛있게 국밥을 먹었습니다.

내 항상 말할 때에 물건마다 한울이요 일마다 한울이라 하였느니라. 만약 이 이치를 옳다고 인정한다면 모든 물건이 다 한울로써 한울을 먹는 것 아님이 없는 것이니라.
〈해월법설 : 이천식천〉

콩나물국밥을 먹으며 유난히 뚜렷한 작은 새우의 까만 눈동자가 눈에 들어옵니다.
바다에서 여기까지 왔을 그 먼 거리를 상상해 봅니다. 위치 이동, 참 어려운 이야기입니다.

다, 지난 일

고개를 들기 부끄럽구나. 내 누울 자리 하나 마련 못하고
평생을 살았다. 아쉬운 시절이 지났다.

인간만사 행하다가 거연 사십 되었더라
사십평생 이뿐인가 무가내라 할길없네
〈용담유사 : 용담가〉

실패한 삶이라고 단정 짓지 말자. 주변에 피해 주지 않고 살아온 일도 대단한 일이다.

기다리는 동안, 어느새

당신이 찾아온 줄 모르고 기다리다, 기다리다
피고 지고 피고 진다. 지난 세월 그리워진다.

잠잠한 것은 반드시 성품이 근본이 되나니, 만약 그 근본이 굳건치 못하면 잎이 푸르지 못하고 꽃도 붉지 못할 것이요, 말은 반드시 마음이 근본이 되나니, 만약 그 근본이 맑지 못하면 봄도 오지 아니하고 가을도 오지 아니 하느니라.
〈무체법경 : 극락설〉

낸들 어찌 알겠는가. 내 맘 같지 않다고 서운해 하지 말자. 물고기를 보라. 사료를 주면 금방 모이고 다가가면 잽싸게 사라진다. 우리네도 먹을 게 없으면 사라지는 게 당연지사다.

몸의 반응도

무궁화호를 오랜만에 탔는데요. 입석으로 서 있는 동안 열차의 몸 부딪는 소리가 요란합니다. 처음에는 예쁜 새소리로 들리다가 한참 지나니 헐벗은 개가 우짖는 소리로 들립니다. 내 몸이 피곤한가 봅니다.

생각하면 있는 것이요, 생각하지 않으면 없는 것이라. 이로써 추구하면 한울님 덕과 스승님 은혜도 생각하면 있는 것이요, 잊으면 없는 것이니.

〈의암법설 : 수수명실록〉

타인을 위해서라도 내 몸이 건강해야 됩니다. 몸이 피곤하면 그 피곤이 밖으로 나옵니다. 숨기면 병이 되고요.

비탈 이야기

엄동설한에 어린 묘목 침묵으로 견디네. 어찌 저리도 당당한지
햇살도 조금 비치는 산비탈 땅을 꼬옥 붙잡고 있네.

바람 지나고 비 지난 가지에 바람 비 서리 눈이 오는구나.
바람 비 서리 눈 지나간 뒤 한 나무에 꽃이 피면 온 세상이 봄이로다.
〈東經大全 : 우음〉

너덜겅 산비탈에 어린 묘목한테는 흙 한자밤이라도 귀하다. 가만히 들여다보면 포동포동한 강아지같다.

나란히, 나란히

나무로 된 망치가 가지런히 모였어요.
누구의 솜씨인지 단아하게 모인 망치, 나무마다 잎이 무성할 때
아이들도 한 자리에 모여 무성하겠지요.

"도끼 자루를 보며 도끼 자루 베니 그 법칙이 먼데 있는 것이 아니구나."
눈앞에 보는 것을 어렵지 않게 할 것 같지만 이는 사람에 달려있지
도끼에 달려있지 않다.
〈용담유사 : 흥비가〉

요새는 함께 모인다는 말이 겁난다. 우리의 의식에서 억지로 지우고 있다.
힘든 시대를 살고 있는 중이다.

몸이 아프고 보니

며칠 동안 이불 속에서 끙끙대며 별별 생각이 다 들었는데요. 가까이에 있는 이웃에게 가스활명수 하나 사다 달라. 마트에 가서 삼계탕 좀 사다 달라 말하고 싶은데 기운도 없고 용기도 안 났어요. 부인도 자식도 멀리 있으니 참 낭패를 맛보았어요. 출근했다가 도저히 힘들어서 돌아와 병원에서 주사 맞고, 약을 타다 먹으니 좀 정신이 돌아오네요. 아! 그렇구나. 나이든 어르신 방구석에 가득 쌓여 있는 약봉지가 비로소 이해가 됩니다. 약이 효자입니다.

무릇 세상의 모든 생명이 죽고 사는 것은 한울에 달려있지 않는가? 나도 또한 한울님께 생명의 복을 받아 세상에 나와, 어려서부터 지낸 일을 하나하나 헤아려보니, 수많은 어려운 일들이 지내고보니 고생이었네. 이도 역시 한울님이 정한 것이라 어쩔 도리가 없었다오.

〈용담유사 : 안심가〉

혼자 아프면 난감하다. 이런 일을 당하기 전에 미리미리 대비를 해야 옳다.

자화상

나는 어떤 창문이 있는가?
나는 어디를 바라보는가?
나는 내 창문에 만족하는가?

영은 반드시 영이 영된 것이니,
한울은 어디에 있으며 너는 어디 있는가?
〈의암법설 : 법문〉

나를 돌아보는데 게으르면 곤란하다. 나를 점검하는 습관,
나의 위치를 늘 점검하며 살아야 한다.

순일한 건강지표

우리 사는 동안 너무 처지지 말고 흘러가 보자.
앞서 간다고 자만하는가? 뒤에 간다고 자조하는가?
사는 동안 흘러가 보자. 우리 서로 만나는 날 반드시 온다.
함께 웃을 날 반드시 온다.

억조창생 많은 사람 동귀일체 하는 줄을 사십 평생 알았더냐.

〈용담유사 : 교훈가〉

지금은 욕심 부릴 때가 아니다. 자신을 건강하게 지킬 때이다. 포기하지 않고 걷다보면 머지않아 건강성을 회복할 터이다.

설레는 여행준비

아무도 없다. 아직 떠나지 못한 씨앗들, 바람이 불기만을 바라고 있다.
씨앗은 곧 떠날 것이다. 여러 날을 함께했던 시간
서정의 그리움에 내가 젖는다.

"부자유친 있지마는 운수조차 일신이며,
형제일신 있지마는 운수조차 일신인가."

〈용담유사 : 교훈가〉

삶과 수행은 스스로 걸어가야 하는 길이다. "가고 싶은 대로 가라. 누구를 해치지도 말고 두려움 없이. 얻는 것에 만족하며 내 집에 있는 것처럼 편안하고 자신있게. 무소의 뿔처럼 혼자서 가라. 잎을 다 떨어낸 저 겨울나무와 같이 세상의 속박을 다 잘라버리고 편안하고 자신있게. 무소의 뿔처럼 혼자서 가라." ≪숫타니파타≫

지상의 한나절

비오는 날, 작은 열매는 수줍은 날입니다.
적당히 거리를 두고서 지상의 만물이 신기한 듯
주위를 두리번거려요.

바람 비 서리 눈 지나간 뒤 한 나무에 꽃이 피면 온 세상이 봄이로다.

〈東經大全 : 우음〉

꽃이 피고 열매 맞이하기 위해 나무는 하늘과 땅의 도움으로 생명활동을 해왔다. 열매는 다시 땅에 떨어져 땅과 하늘의 도움으로 새 생명을 틔울 것이다. 늘 같은 순환이나 늘 새롭고 신기한 생명이다.

자신을 찍는다

숨을 멈추고 한 컷 유리창 너머 거울 속의 자화상.
내가 나를 바라보는 심정은 어떠한가? 생각없는 생각에 사로잡힌다.
카페에서 사람과의 약속을 앞두고 공간의 사물에게 공감을 얻는다.
시간은 흐르고, 물질도 더디게 변할 터. 난 그 와중에 또 다른 상황의 사물로 자리 잡았다. 어쩌면 모두 허망한 몸짓들.

나에게 한 물건이 있으니 보려 해도 볼 수 없고 들으려 해도 들을 수 없고 물으려 해도 물을 곳이 없고 잡으려 해도 잡을 곳이 없다. 그러나 항상 머무는 곳이 없이 어디나 있고, 능히 움직이거나 고요함을 볼 수 없으나 모든 일을 간섭한다. 스스로 화해나며 천지를 이루고 도로 천지의 본체에 살며, 만물을 생성하고 편안히 만물자체에서 사니, 이것이 본래의 나니라.

〈무체법경 : 삼성과〉

현재의 나를 구성하는 것은 나에게 무엇인가? 직업, 지위, 재산, 학력… 이 모두 날 때부터 본래 내게 있던 것인가? 이들은 또한 나와 함께 영원할 수 있는 것인가? 변하지 않는 내 본래는 무엇인가?

향기에 취하다

봄볕 좋은 날에 열매 모두가 떠나지만 헐거운 차림새로
어슷하게 나를 세운다.
묻지 마라. 내가 살아온 이력, 당신이 나를 찾아주면 난 족하다.
두고 가지 못하는 이가 있거든, 차마 하지 못한 말이 있거든
나의 香情으로 이별을 대신하시라.

정전에 심은 매화 향풍에 뜻을 내어 지지발발 날로 피어 백설을 웃었으니 화개소식 분명하다.

〈의암성사법설 : 무하사〉

이랬으면 좋겠네. 자신의 이익만 추구하는 세상에서, 홀로 피어 향을 전하는 꽃이 되는 사람. 이런 살림꾼이 되었으면 좋겠네.

나는 바닥에 그늘이 있다

흙터로 가득 찬 가슴으로 뻘밭에서 숨을 쉰다.
벅차는 가슴, 물때가 빠지길 기다려 긴 호흡을 한다.
산다는 건 긴장의 연속, 긴장이 나를 세운다.

아! 넓은 하늘이여. 낮이 밝고 밤이 어두운 것은 하루의 변함이요, 보름에 차고 그믐에 이지러지는 것은 한 달의 변함이요, 춥고 덥고 따스하고 서늘한 것은 한 해의 변함입니다. 변하나 (본질은) 변치 않습니다.

〈해월신사법설 : 개벽운수〉

과일도 태풍과 서리를 견뎌내야 당도가 더하고, 향나무도 상처가 날수록, 그 상처가 크고 깊을수록, 진하고 좋은 향기가 난다. 화려하지만 향이 없는 꽃은 얼마 가지 않는다. 그러나 인생의 고뇌를 이겨낸 사람의 경륜과 여유에선 모두를 편안하게 해주는 향기가 나는 법이다.

녹슨 선착장에 깃들다

오래된 사슬이 오래된 타이어를 붙들고 있다. 선착장에 파도가 칠 때 선박이라는 그녀가 찾아올 때까지 언제나 제자리를 지켰다. 아무런 단서도 이유도 중요해 보이지 않는다. 오직 그녀를 향한 기다림이 그를 강하게 할 뿐.

개자상고이래 춘추질대 사시성쇠 불천불역
盖自上古以來로 春秋迭代 四時盛衰 不遷不易하니

시역 천주조화지적 소연우천하야
是亦 天主造化之迹이 昭然于天下也로되.

저 옛적부터 봄과 가을이 갈아들고 사시가 성하고 쇠함이 옮기지도 아니하고 바뀌지도 아니하니 이 또한 한울님의 조화의 자취가 천하에 뚜렷한 것이라.

〈東經大全 : 포덕문〉

포덕문 첫 구절이다. 이 문장이 녹슨 선착장과 다소 멀리 떨어진 느낌은 있으나 자연의 기다림과 인위의 당위는 복합성을 갖는다. 자연이 바라는 순정의 순수와 인간이 바라는 순정한 순수의 합일점. 선착장의 기다림과 만남의 조화가 신의 섭리다.

선한 고민 해결법

길을 떠나는 그대여 어디로 향하시는가?
길을 따라 걸으며 그대의 번뇌를 지우시라.
걷다가 걷다가 힘들면 잠시 쉬며 목이라도 축이시라.
물 한 모금 먹고, 냇물 한 번 바라보면서,

원처에 일이 있어 가게 되면 내 기어코 아니가면 해가 되어 불일발정 하다가서. 중로에 생각하니 길은 점점 멀어지고 집은 종종 생각나서 금치 못한 만단의아. 배회노상 생각하니 정녕히 알작시면 이 걸음을 가지마는 어떨런고 어떨런고.

〈용담유사 : 흥비가〉

어떤 일을 하든 살면서 난관이 있게 마련이다. 그때 필요한 것은 자신이 하는 일이 옳은 것인지 판단하고 믿는 것이다. 옳다면 좀 힘들고 더뎌도 쉬어 가면 어떠랴.

기울어진 집

집이 보인다. 갈색으로 바랜 대문이 헐거워져
바람도 조심스럽다. 오래된 목재가 부딪힌다.
가슴으로 들어야 이해되는 소리, 오랜만에 듣는다.

무릇 어리석은 세상 사람은, 보이는 데는 강하고 무형한 데 소홀히 합니다.

〈해월신사법설 : 도결〉

사람이 산 적 없는 새집은 이야기가 없습니다. 오래된 낡은 집은 거기서 태어나고 자라고 희로애락을 함께한 사람들의 이야기를 품고 있습니다. 그것은 오직 마음으로만 들을 수 있습니다.

늙은 사내의 짐

한 사내가 자동차 뒷 트렁크에서 박스 하나를 꺼낸다.
그는 무슨 사연이 있어 이 물건을 집에 들이지 못하는가!
종이박스는 나름 사연을 품었다. 무거운 법률 서적이 있고, 오랜 추억의 시디가 자리한다.
처진 박스와 늘어진 어깨의 사내, 박스의 접혀진 테이프에서 늙은 사내의 호흡이 겹친다.

그릇이 비었으므로 만물을 받아들일 수 있고, 집이 비었으므로 사람이 거처할 수 있으며, 천지가 비었으므로 만물을 용납할 수 있고, 마음이 비었으므로 모든 이치를 통할 수 있는 것입니다.

〈해월신사법설 : 허와 실〉

남태평양에서 원숭이를 잡는 얘기. 나무에 원숭이 손이 겨우 들어갈 정도의 구멍을 뚫고 땅콩이나 과자를 넣어둔다. 땅콩을 움켜쥔 원숭이는 욕심 때문에 손을 펴지 못하고 결국 사냥꾼에게 잡힌다. 손을 펴야 하는, 비워야 할 때를 모르면 자유를 빼앗긴다. 인생도 마찬가지. 자신이 가진, 가졌던 것들을 버리지 못하면 새로운 것을 볼 수도 알 수도 없다. 문제는 나이가 들수록 버리기가 힘들다는 것. 그럴수록 더 버리자. 비우자.

천천히 걷다보면 문득,

오래된 담장은 살아 숨 쉬는 감정이 있다. 내가 묻기 전에
담장이 이야기를 풀어 놓는다. 이야기를 들으려 한참을 서성거렸다.

한울님이 간섭하지 않으면 고요한 한 물건 덩어리니 이것을 죽었다고 하는 것이요, 한울님이 항상 간섭하면 지혜로운 한 영물이니 이것을 살았다고 말하는 것입니다.

〈해월신사법설 : 도결〉

담장이 형태를 유지하는 것은 그만큼 담을 쌓고 관리한 사람들의 노력이 담겨 있기 때문.
살아 움직이는 사람이라도 타인과 소통하고 자기 존재의미를 찾지 못하면 담장만 못하다.

책장을 넘기며 반성한다

너는 문자로 태어나 활자로 자리한다. 너의 잠재성은 나를 능가한다. 조바심으로 살아온 생의 문단구조, 너를 보며 어깨를 잠깐 펴 보기도 한다. 잠든 의식이 다시 제자리로 돌아오기를 바라는 요즘, 책장을 넘기며 슬며시 힘을 보태는 중이다.

아셔시라 아셔시라. 팔도구경 다 던지고
고향에나 돌아가서 백가시서 외어보세.
〈용담유사 : 몽중노소문답가〉

독서의 힘은 누구나 느끼는 생의 희열입니다. 좋은 책을 봤을 때 말입니다.
아무리 힘들어도 꾸준히 책을 읽는 습관, 실천해야 할 덕목입니다.

꿈을 수놓다

꿈속에서 꽃이 피기 전 국화가 국화잎 색으로 풍성했어요.
그 사이 사이로 겨울잠을 자고 있는 호랑나비들이 보이더군요.
굉장히 기뻤습니다. 몸살 사흘 후 꾼 꿈이랍니다.

찾는 자 누구이며 공부하는 자 누구인가. 찾는 자 공부하는 자 전부가 너로다. 꿈을 꾸다 다시 깨어 높은 베개에 의지하니, 생각 속에는 보이나 참을 보지 못하고, 생각하는 자 어떤 사람이며, 참된 자 누구인가. 생각하는 자 참된 자 전부가 마음이니라.

〈의암법설 : 몽시〉

'꿈이로다 꿈이로다. 모두가 다 꿈이로다.' 흥타령에 나오는 구절입니다.
어른들이 말합니다. "일장춘몽이니, 다 꿈같은 세월이라."
저 또한 느낍니다. 더디 가는 세월 같았으나 벌써 황혼기에 접어들었습니다.

가을 선생님의 상상력

선생님은 보자기이다. 보자기는 보이지 않는 바람을 느끼게 한다.
선생님의 이야기가 바람에 실려 찾아온 자연의 영혼.
아이들의 상상력과 어울려 아이들은 주인공이 된다.

성인은 세상 사람에게 항상 온화한 기운으로 덕성을 베풀어 훈육하나니, 거듭 일러 친절히 가르치고 돌보고 돌보아 알아듣게 타이르고, 가혹하게 꾸짖는 말씀을 입 밖에 내지 아니하느니라.

〈해월법설 : 성인지덕화〉

선생님이 들려주는 신화이야기, 바람이야기, 우리의 문화이야기와 더불어
아이들에게 꿈 주머니를 키워줍니다.